4/15

9/15 (HHR)

Viviendo un cuento
JENNIFER LEWIS

FINNEY COUNTY PUBLIC LIBRARY
605 E. Walnut
Garden City, KS 67846

HARLEQUIN™

Editado por HARLEQUIN IBÉRICA, S.A.
Núñez de Balboa, 56
28001 Madrid

© 2012 Jennifer Lewis. Todos los derechos reservados.
VIVIENDO UN CUENTO, N.º 1893 - 16.1.13
Título original: The Cinderella Act
Publicada originalmente por Harlequin Enterprises, Ltd.

Todos los derechos están reservados incluidos los de reproducción,
total o parcial. Esta edición ha sido publicada con permiso de
Harlequin Enterprises II BV.
Todos los personajes de este libro son ficticios. Cualquier parecido
con alguna persona, viva o muerta, es pura coincidencia.
® Harlequin, Harlequin Deseo y logotipo Harlequin son marcas
registradas por Harlequin Books S.A.
® y ™ son marcas registradas por Harlequin Enterprises Limited y
sus filiales, utilizadas con licencia. Las marcas que lleven ® están
registradas en la Oficina Española de Patentes y Marcas y en otros
países.

I.S.B.N.: 978-84-687-2433-1
Depósito legal: M-35523-2012
Editor responsable: Luis Pugni
Fotomecánica: M.T. Color & Diseño, S.L. Las Rozas (Madrid)
Impresión en Black print CPI (Barcelona)
Fecha impresion para Argentina: 15.7.13
Distribuidor exclusivo para España: LOGISTA
Distribuidor para México: CODIPLYRSA
Distribuidores para Argentina: interior, BERTRAN, S.A.C. Vélez
Sársfield, 1950. Cap. Fed./ Buenos Aires y Gran Buenos Aires,
VACCARO SÁNCHEZ y Cía, S.A.

Capítulo Uno

–¿Estás seguro de que no hay ningún peligro?

Anna intentó apartar la mirada del apetitoso trasero de Sinclair Drummond, encaramado en la desvencijada escalera de madera que subía al desván.

–No –le dedicó una sonrisa que la hizo estremecerse–. Y menos con la maldición cerniéndose sobre nuestras cabezas.

–Habrá que arriesgarse –al ser su empleada no le quedaba más remedio que acompañarlo al desván del olvidado granero. Los antepasados de la familia Drummond habían levantado la estructura junto a la casa para protegerse de los fríos vientos procedentes de Long Island mientras se ocupaban de los animales. En la actualidad solo albergaba una vasta colección de arreos y telarañas.

Se subió al primer peldaño de la vieja escalera de mano y la madera crujió de manera alarmante.

–¿Has subido alguna vez ahí arriba?

Sinclair llegó a lo alto de la escalera y empujó una trampilla.

–Claro. De niño me escondía aquí cuando mis padres discutían.

Annie frunció el ceño. Le costaba imaginarse a la tranquila y elegante señora Drummond alzando

3

la voz. Al padre de Sinclair, en cambio, no llegó a conocerlo. Había muerto en un accidente años atrás.

–No creo que nadie haya subido desde entonces –añadió él. Desapareció por el agujero y ella ascendió tras él, invadida por una creciente mezcla de nerviosismo y emoción. Una luz se encendió arriba.

–Menos mal que aún funciona. No me apetecía nada ponerme a buscar velas.

La lluvia golpeaba el techo de madera y la voz de Drummond sonaba lejana y apagada. Annie se apresuró y asomó la cabeza por el hueco de la trampilla. El desván carecía de ventanas, pero una hilera de bombillas desnudas colgaba de la viga central. Cajas y embalajes de diversos tamaños se apilaban a los lados, entre mesas, sillas y otras piezas de mobiliario menos reconocibles. La pared del fondo estaba oculta tras un montón de grandes baúles etiquetados. A pesar del tamaño del desván, apenas podía verse el suelo de madera.

–Así que aquí se han almacenado los cachivaches de los últimos trescientos años… –pasó los dedos por las reliquias de la familia Drummond. Su trabajo diario era examinarlas, pero desempolvar y sacarle brillo a los objetos de plata no era ni mucho menos tan emocionante como abrir un viejo baúl lleno de misterios y bolas de naftalina–. ¿Por dónde empezamos?

Sinclair levantó la tapa de un cofre que resultó estar lleno de mantas y colchas.

–Ni idea. Será cuestión de ir mirando y confiar

4

en tener suerte –se arremangó la camisa para dejar al descubierto sus musculosos antebrazos–. El fragmento de la copa está hecho de metal, probablemente plata o peltre. No tiene ningún valor.

La camisa se estrió sobre los fuertes músculos de su espalda al hurgar en el fondo del cofre. A Annie se le aceleraron los latidos. ¿Por qué tenía que ser su jefe tan guapo y sexi? No era justo. Llevaba seis años trabajando para él y cada vez le parecía más atractivo. Tenía treinta y dos años y aún no le había salido ni una sola cana en su espeso cabello negro, a pesar de sus dos carísimos divorcios.

–¿Y se supone que está maldita? –Annie sofocó un escalofrío mientras miraba a su alrededor. Sus antepasados irlandeses se santiguarían si la oyeran.

–Es la familia la que está maldita, no la copa –Sinclair levantó la cabeza y le lanzó una mirada arrebatadora–. Trescientos años de desgracia. Para acabar con la maldición hay que reunir los tres fragmentos de esta copa –soltó un bufido desdeñoso–. Para mí no son más que cuentos de viejas, pero mi madre está convencida de que cambiará nuestras vidas.

–Me alegra saber que está mejor. ¿Descubrieron los médicos qué le pasaba?

–Una enfermedad tropical, muy poco frecuente, similar al cólera. Tiene suerte de seguir con vida, pero aún está muy débil y le he aconsejado que se venga aquí a descansar.

–Pues claro. Me encantaría cuidar de ella.

–Espero que venga a buscar la copa ella misma. Así no tendrás que hacer tú sola todo el trabajo.

Annie se desanimó un poco. Había albergado la secreta esperanza de pasarse el verano con su jefe en el desván, los dos a solas, registrando las cajas y baúles. Después de seis años trabajando allí seguían siendo prácticamente unos desconocidos el uno para el otro, y la única forma de ver al verdadero Sinclair, más relajado y natural, era tenerlo para ella sola cuando no recibían visitas. La búsqueda de la copa era una oportunidad extraordinaria para conocerlo mejor, pero en vez de eso tendría que soportar ella sola, o con la madre de él, el sofocante calor del desván.

Se acercó a una cesta de mimbre y retiró la tapa. Dentro había un rollo de cuerda. Tiró del extremo y se imaginó las manos que tejieron aquella cuerda en un tiempo sin máquinas. Todo el desván rezumaba historia.

–¿Por qué cree ella que la familia está maldita? Todos habéis prosperado mucho.

Su propia familia mataría por una mínima fracción de la fortuna Drummond.

–Los Drummond se las han arreglado bien a lo largo de los años. Pero una vieja leyenda convenció a mi madre de que todos estamos condenados, y por eso se puso tan enferma –levantó un montón de ropa y a Annie se le hizo la boca agua cuando se inclinó para alcanzar el fondo del baúl y sus poderosos muslos se adivinaron a través de los pantalones caquis–. Por eso y porque ninguno de nosotros haya podido tener un matrimonio estable –sus ojos, de un bonito azul grisáceo, destellaron con una

mezcla de humor y remordimiento–. Está empeña-
da en encontrar y reunir los tres fragmentos de la
copa para que cambie la suerte de los Drummond
–volvió a meter la ropa en el baúl y cerró la tapa–.
Yo no me creo esas patrañas, pero haría cualquier
cosa para ayudarla a recuperarse.

–Qué bueno eres…

–No tanto –se pasó una mano por el pelo mientras examinaba los montones de trastos viejos–. Si
se mantiene ocupada con algo dejará de darme la
lata para que vuelva a casarme.

Annie había asistido al cortejo y conquista de
Sinclair de la mujer falsa e hipócrita que acabó con-
virtiéndose en su segunda esposa, y por nada del
mundo podría volver a soportarlo.

–Supongo que estará desesperada por tener nietos.

–Sí, aunque no tiene sentido. ¿Por qué transmi-
tir la maldición familiar a otra generación?

Esbozó una sonrisa torcida y Annie también sonrió. Su madre quería tener nietos a los que poder
mimar y malcriar, pero el gusto femenino de Sinclair frustraba toda esperanza de llegar a ser abuela.
Annie no llegó a conocer a su primera esposa, pero
Diana Lakeland no era el tipo de mujer que quisiera sacrificar su figura por un embarazo. Se casó con
Sinclair por la fortuna y el prestigio que lo habían
convertido en uno de los solteros más codiciados de
Nueva York, y luego se cansó de él cuando dejó de llevarla a una fiesta tras otra por los ambientes más se-
lectos del mundo.

Por desgracia, Annie no podía decirle que estaba perdiendo el tiempo con aquellas mujeres materialistas y superficiales. Parte de su trabajo era ser amable y cordial, incluso podía intimar un poco, pero sabía muy bien dónde trazar la línea entre lo profesional y lo personal. Y jamás la cruzaba.

Se apartó de la cesta y agarró una pequeña caja de madera de un estante. La abrió y encontró un alijo de lo que parecían horquillas para el pelo, talladas en hueso y carey. ¿Qué damisela las habría utilizado para sujetarse las trenzas?

—Es como buscar una aguja en un pajar, aunque hay que admitir que es un pajar muy interesante. ¿A quién perteneció la copa?

—Los Drummond son originarios de las Tierras Altas de Escocia. Gaylord Drummond era un jugador y bebedor que en 1712 perdió la hacienda de la familia en una apuesta. Sus tres hijos se quedaron sin tierras y sin dinero y se marcharon a América en busca de fortuna. Nada más llegar cada uno tomó un camino diferente, y parece ser que rompieron un cáliz metálico para llevarse cada uno de ellos un trozo. El propósito era reunirlos cuando se hubieran hecho ricos. Uno de ellos se instaló aquí, en Long Island, y levantó una granja donde estamos ahora.

—Supongo que eso explica por qué tienes una finca tan grande en la costa —la granja original se había expandido a lo largo de los años hasta convertirse en una enorme y suntuosa mansión. Los campos de patatas habían dejado paso a vastas extensiones de césped y exuberantes huertos de manzanos, perales y melocotoneros, y la primitiva y adormecida aldea de Dog Harbor acabó siendo engullida por un suburbio de Nueva York. Un antepasado de la familia vendió un campo a un empresario para que levantara un complejo de viviendas. El padre de Sinclair se encargó de recuperar el terreno, comprando además las casas construidas a un precio desorbitado, y volvió a transformarlo en una alfombra verde esmeralda. Las frías aguas del estrecho de Long Island lamían la playa de guijarros, a cien metros de la casa.

–Sí –dijo Sinclair, riendo–. La vieja granja resultó ser una inversión excelente.

–Lo que no entiendo es... ¿cómo se puede romper una copa en tres trozos idénticos?

–Mi madre dice que la copa se modeló para que pudiera dividirse y recomponerse. Cree que se trata de un viejo cáliz de comunión que fue diseñado de esa manera para que pudiera ser fácilmente escondido. La historia del cáliz ha pasado de generación en generación, pero nadie sabe qué fue de las piezas. Mi madre dice que siguió el rastro de los descendientes de los tres hermanos y que ha hablado con todos ellos sobre la búsqueda.

–Me parece muy emocionante. Y una bonita oportunidad para reunir a la familia.

Sinclair se encogió de hombros.

–No se oyen muchas cosas buenas sobre los Drummond. Todos somos unos brutos ariscos e intratables...

–Tú no eres un bruto intratable –protestó ella, y

enseguida lamentó haberlo dicho. Lo último que quería era demostrarle que estaba enamorada de él–. No siempre, al menos –las mejillas le ardían de vergüenza y se movió rápidamente hasta el rincón más oscuro del desván para abrir un cajón–. ¿Dónde viven los otros?

–Uno de los tres hermanos se convirtió en corsario y se dedicó a saquear la Costa Este y el Caribe.

–¿Un pirata?

Sinclair asintió.

–Eso cuenta la leyenda. Sus antepasados, o al menos uno de ellos, aún viven en una isla junto a la costa de Florida. Jack Drummond es un buscador de tesoros profesional y no creo que nos ayude a encontrar el cáliz.

–¿Ni siquiera como un asunto de familia?

–Lo dudo mucho. El tercero de los hermanos se hizo rico en Canadá, volvió a Escocia y recuperó las tierras de la familia. Su descendiente vive allí, James Drummond, pero mi madre no ha conseguido ni que le responda a sus emails. No obstante, no desiste en su empeño y seguro que conseguirá llegar hasta él cuando recupere las fuerzas –levantó una caja de lo alto de un viejo armario–. No se puede decir que haya muchos descendientes. Los Drummond nunca fueron dados a tener muchos hijos y muchos de ellos murieron muy jóvenes. Quizá la maldición sea cierta, después de todo…

¿Estaría Sinclair maldito? Nadie lo pensaría viendo la vida que llevaba. Alternaba su tiempo entre su ático de Manhattan y sus otras casas, a cada cual más lujosa. Annie solo lo veía unos pocos fines de semana al año, y quizá un par de semanas en verano. El tiempo suficiente para comérselo con los ojos, pero no para conocer sus secretos.

¿Tendría secretos? ¿Albergaría pasiones y anhelos ocultos?

No, no podía pensar en ello. La vida privada de su jefe no era asunto suyo.

–Muchas de estas cosas no deberían estar aquí llenándose de polvo –levantó una bandeja de porcelana–. Esto podría salir en ese programa de la tele, *Antiques Roadshow*.

Sinclair se rio.

–Y que alguien te diga que lo compró en Woolworth's en los años cincuenta –abrió otro baúl de madera, más grande y viejo que el resto, lleno de prendas dobladas.

–Vaya, mira esto –Annie se colocó a su lado, intentando ignorar su fragancia varonil, y acarició el algodón blanco–. Parece que no lo hayan usado nunca –levantó la prenda para desdoblarla con cuidado. Era un camisón o una combinación, exquisitamente confeccionado–. ¿De quién sería?

–Ni idea. Admito que solo me interesan las cajas que contengan armas de fuego u otras cosas de hombres –su pícara sonrisa volvió a acelerarle los latidos a Annie–. Jamás toco las cosas de chicas.

–¿Y esto? –Annie dejó el camisón y observó de cerca un corpiño de verde satén con ribetes rojos y dorados. La tela brillaba tanto que parecía haber sido tejida el día anterior–. Nunca he visto nada igual…

Sinclair sacó la prenda del baúl y la sostuvo en alto. Era un vestido de gala, escotado y con la cintura entallada.

–Es impresionante. Y ese otro también es espectacular –sacó un vestido de seda azul pavo real–. Debería estar en un museo –era un crimen dejar aquellos vestidos en un desván lleno de polvo–. Vamos a llevarlos abajo para colgarlos debidamente en una percha.

Sinclair no parecía muy conforme, pues seguramente solo le interesaba encontrar el cáliz, pero de todos modos accedió a la demanda y bajó rápidamente por la estrecha escalera. Annie lo siguió con cuidado. Los pesados vestidos le dificultaban los movimientos y temía dar un paso en falso.

–Podemos dejarlos en los armarios de la habitación amarilla –sugirió–. Están vacíos desde que tu madre sacó los abrigos de piel.

Se dirigieron hacia la mencionada habitación y dejaron los vestidos sobre la amplia cama de matrimonio.

–Este vestido es realmente bonito –comentó, admirando la fina seda gris–. ¿Cómo pudieron entretejer los hilos azules y plateados?

–Seguramente les llevó mucho tiempo. Antes las cosas se hacían de otro modo… Cada objeto era una obra de arte hecha a mano.

–Fuera del alcance de la mayoría de los mortales –pasó delicadamente los dedos por los bordados–. A no ser que ayudaran a la señora a ponerse el corsé –suspiró mientras seguía acariciando los pliegues de la cintura–. Es una maravilla. Nunca había visto nada parecido.

–¿Por qué no te lo pruebas? –la profunda voz de Sinclair la sorprendió. Casi se había olvidado de que estaba allí.

–¿Yo? De ningún modo. Son piezas de museo, y mi cintura no es tan estrecha.

–No estoy de acuerdo. Con lo de tu cintura, quiero decir –la mirada de Sinclair se posó en su cintura y a Annie le dio un vuelco el estómago.

–Bueno… –agarró con cuidado el vestido de gala azul–. Sigo pensando que no me quedará bien, pero…

–Te quedará perfectamente. Me daré la vuelta hasta que necesites que te ayude a cerrarlo –se alejó hacia el extremo de la habitación y se puso a mirar por una ventana alta y arqueada.

El corazón de Annie latía desbocadamente. Tenía la sensación de que estaban a punto de cruzar una línea trascendental. Sinclair quería que se probara el vestido. ¿Qué podría significar aquello?

–Estos vestidos se hicieron para combinarlos con una corsetería adecuada. No creo que…

–¿Prefieres volver al desván a seguir buscando la copa? –le preguntó él, volviéndose hacia ella con una ceja arqueada.

Annie dudó un momento con los dedos presionados a la tela y se atrevió a sonreír.

–Está bien, pero solo un vestido.

Sinclair asintió con un brillo de regocijo en los ojos y volvió a girarse hacia la ventana.

Qué amable por su parte dejar que se probara una reliquia familiar. Sin dudarlo, eligió el vestido azul pavo real y se lo pegó al cuerpo. De largo estaba bien, y la cintura no era tan estrecha como le había parecido en un principio.

Resistió el impulso de comprobar si Sinclair la estaba mirando mientras se desabotonaba la camisa. Lo conocía demasiado bien para saber que no sentía el menor interés por ella. Tenía a una legión de admiradoras cayendo perdidamente a sus pies y apenas les prestaba atención.

Se bajó el pantalón y metió las piernas en el vestido azul. Estaba arrugado por las dobladuras y despedía un ligero olor a alcanfor, pero por lo demás parecía limpio. Los pequeños abalorios perlados le hicieron cosquillas en los brazos al introducirlos en las mangas, cortas y abullonadas. El escote dejaba a la vista una amplia franja de su sujetador blanco, por lo que se lo quitó rápidamente y se lo sacó por una manga. Se había abrochado la mitad de los botones forrados de tela cuando Sinclair le preguntó si necesitaba ayuda.

—Solo me quedan cien botones más —dijo ella con una sonrisa. Ya empezaba a sentirse como una princesa de cuento con aquel vestido de gala. Solo le hacían falta los tacones.

—Vaya —murmuró Sinclair al darse la vuelta—. Estás espectacular, Annie —la observó lentamente de arriba abajo—. Pareces otra persona… —se acercó a ella y le abrochó los últimos botones—. Tal y como imaginaba, te sienta perfectamente.

–Qué extraño, ¿no? –intentó sofocar la risita de niña tonta que estuviera jugando a disfrazarse, pero no era fácil con los dedos de Sinclair tan cerca de su piel–. Aunque no sé por qué pensamos que los cuerpos eran tan distintos hace doscientos años. La gente era igual que ahora.

–No, no lo era –la voz de Sinclair era más grave que de costumbre. Acabó con los botones y se colocó ante ella para alzar la mirada por su cuello y sus mejillas. Un rizo se le había soltado del recogido–. Estás muy guapa con el pelo recogido.

–Siempre lo llevo así –dijo ella, tocándose instintivamente el pelo.

–¿Sí? ¿Y cómo es que no me he dado cuenta hasta ahora?

Su mirada le abrasaba la piel.

–Será por el vestido.

–Tal vez. Te empeñas en vestir de una manera que oculta tu hermosa figura.

–No creo haber lucido nunca un escote como este –el comentario fue tan involuntariamente descarado que trató de disimular su horror con la risa.

–Te queda muy bien –observó él–. Deberías llevarlo más a menudo.

–No se me presentan muchas ocasiones para ello –se miró al espejo de un gran armario y tuvo que admitir que ofrecía un aspecto imponente. El intenso azul realzaba los reflejos rojizos y dorados de sus cabellos. Ante ella estaba Sinclair, ocultando con sus anchos hombros el escote que tanto le gustaba. Desde aquella perspectiva parecían una pareja.

Annie intentó reírse para aliviar la tensión, pero la tímida carcajada se desvaneció en el aire cargado y sofocante. Sinclair frunció el ceño y ella se estremeció ante la intensidad de sus ojos. Se quedó sin palabras mientras sus miradas se mantenían.

Sinclair la besó en los labios al tiempo que la rodeaba con los brazos, y el cuerpo de Annie respondió con la pasión contenida de seis largos años. Se entregó sin reservas a un beso embriagador. Le temblaron las piernas y se agarró a él mientras sus lenguas se entrelazaban y los pezones pugnaban por atravesar la tela.

Su olor era enloquecedoramente varonil. Nunca había estado tan cerca de él. Su piel parecía suave, pero al rozarle le mejilla descubrió su aspereza. Él subió las manos hasta su pelo, le soltó el recogido y se le escapó un gemido de la garganta.

Subió los dedos por el espeso pelo negro de Sinclair, suave y sedoso. Sintió sus manos bajando hasta agarrarle las nalgas y se apretó contra él. La respiración de Sinclair se hizo más trabajosa, lo que insufló a sus besos un aire de ferviente desesperación.

«Lo estoy besando… Estoy besando a Sinclair», ¿Cuántas noches se había pasado en vela, imaginando aquel momento?

Los besos de Sinclair eran mucho más intensos y agresivos que en sus fantasías, y estaban avivados por un deseo mucho más poderoso de lo que nunca se había atrevido a soñar. Le agarró el vestido para tirar de ella y Annie ahogó un grito al sentir su gruesa erección. Pronunció su nombre en un susurro áspero y le sacó la camisa de los pantalones para tocarle la cálida piel de la espalda. Sus músculos, fuertes y definidos, se movieron bajo las manos. Lo había visto sin camisa en más de una ocasión, pero nunca se había imaginado la sensación de su poderosa musculatura bajo los dedos.

Él empezó a desabrocharle los botones que acababa de abrochar en la espalda del vestido, y un delicioso hormigueo le recorrió la piel a Annie al pensar en que iba a desnudarla.

¿De verdad iba a permitírselo? Desde luego que sí. Por increíble que pareciera, todo indicaba que Sinclair la había estado deseando en secreto. Igual que ella.

Dejó escapar una risita cuando él le deslizó la mano por dentro del vestido. Ya se había quitado el sujetador y no había ningún obstáculo que detuviera el avance de sus dedos por la espalda. Muy lentamente le bajó el vestido y expuso sus pechos a su atenta mirada. Un mechón de pelo negro le cayó sobre los ojos mientras le bajó el vestido por la cintura.

Annie sacó las piernas del vestido mientras le desabrochaba a Sinclair la camisa. Se la abrió y suspiro de deleite al ver su pecho, amplio y musculoso, con una línea de vello que desaparecía bajo la hebilla del cinturón.

Los pezones, endurecidos como pequeños guijarros, se chocaron contra aquel muro de fibra y músculo mientras intentaba quitarle el cinturón. Fue una labor difícil por culpa de los nervios, y Sinclair se lo complicó aún más al morderla en la oreja y hundir los dedos bajo el elástico de las bragas. Lamentó no haberse puesto una ropa interior más sensual y se encogió de vergüenza por que fuese a verla en una de sus sencillas y prácticas prendas de algodón.

Pero Sinclair no pareció darse cuenta y siguió provocándole estragos con sus besos y con las ardientes bocanadas que le abrasaban el cuello. Su erección complicaba los esfuerzos de Annie por desabrocharle el pantalón, y cuando finalmente logró bajar la cremallera se quedó sin aire en los pulmones al ver el bulto que sobresalía de sus boxers. Una lujuria desconocida se apoderó de ella y la acució a apretar su cuerpo desnudo contra aquel monumento vivo a la virilidad. Entre los dos bajaron el pantalón y se quedaron frente a frente, separados por escasos centímetros. El cuerpo de Sinclair era una auténtica obra de arte, perfectamente esculpido y proporcionado, con un abdomen liso y fibroso tras su impresionante erección.

Annie tragó saliva. Sinclair tenía los ojos cerrados y seguía prendiéndole la piel con sus manos. Sintió la curva de sus fuertes pómulos y lo besó delicadamente en los labios. ¿Cómo era posible que un día tan normal y corriente diera un vuelco semejante? Tal vez tuviera algo que ver con la copa misteriosa…

¿O quizá era la maldición?

Lo que más deseaba en aquel instante era seguir explorando aquella nueva y sorprendente intimidad con su jefe. Se preguntó si debería decirle que llevaba puesto el DIU, que usaba para aliviar los dolores de la regla. No quería estropear la magia del momento, de modo que volvió a besarlo en vez de hablar.

–Annie…

Casi explotó al oírle pronunciar su nombre. La deseaba tanto como ella a él, no había duda. Todo su cuerpo ansiaba fundirse con el suyo, y así ocurrió tan pronto como estuvieron en la cama. Sinclair la penetró con una ternura exquisita mientras la besaba y gemía sin pudor alguno.

Annie no era virgen, y aunque no tenía mucha experiencia sí sabía de qué iba el sexo. Sin embargo, nunca había experimentado nada parecido a las abrumadoras sensaciones que sacudían su cuerpo. Sinclair le hundía los dedos en la carne mientras la besaba, lamía y mordía con un desenfreno y voracidad salvajes hasta hacerla gritar de goce.

Nunca se había imaginado que Sinclair, siempre tan controlado, tuviese una faceta tan desinhibida. Se movía con una habilidad asombrosa, llevándola a unas cotas desconocidas de placer para dejarla suspendida al borde del éxtasis. Verlo y sentirlo jadeando de deseo por ella la volvía loca de gozo.

–Annie… –volvió a murmurar su nombre y le lamió los labios antes de penetrarla, tan profundamente que Annie sintió que se fundían en un solo cuerpo.

–Sin… –siempre se había imaginado llamándolo por su diminutivo. Sonaba tan natural y entrañable que casi la hizo reír de gozo.

Él le reclamó la boca con otro beso y el cuerpo de Annie estalló en una convulsión de placer que la dejó temblando y extenuada. Fue algo fabuloso e incomparable. Nunca había sentido nada igual. Debía de ser el famoso orgasmo del que tanto hablaban las revistas. Aún no se había recuperado cuando Sinclair emitió un profundo gemido y se desplomó sobre ella, jadeando en busca de aliento. Rápidamente se giró de costado y tiró de ella hasta colocársela encima, rodeándola con los brazos y cerrando fuertemente los párpados.

Capítulo Dos

Sinclair envolvió fuertemente con los brazos a su preciosa compañera. Su pelo rubio rojizo le cayó sobre el rostro y sus bonitos ojos azules lo miraron tímidamente entre las largas pestañas. Volvió a besarla en la boca para empaparse con el sabor de sus labios, suaves y carnosos.

El alivio era inmenso. No recordaba la última vez que se había sentido tan relajado y en paz consigo mismo. Se echó hacia delante y le besó las pecas de la cara.

–Eres un milagro –le susurró al oído.

–Ha sido del todo inesperado –la voz de Annie sonaba como música celestial.

–Sí –Sinclair seguía estando demasiado aturdido como para mantener una conversación–. Y también increíble.

–Y que lo digas. Espero que no se me haya echado a perder la comida, porque he perdido la noción del tiempo.

¿La comida? Con mucho esfuerzo sacó la muñeca de debajo de la espalda de Annie para mirar la hora.

–¡Son casi las cinco! –exclamó, horrorizado al volver a la realidad. La hermosa sílfide que tenía en los brazos no era una doncella salida de una pintura prerrafaelista para hacer realidad sus deseos.

Era Annie Sullivan, su ama de llaves.

—¿Qué ocurre? —le preguntó ella con la voz cargada de inquietud.

A Sinclair se le formó un nudo en el estómago al apartar los brazos de ella. ¿De verdad la había besado en los labios y la había arrastrado a la cama con él? Debía de haberse dejado llevar por un arrebato de deseo irracional. Sus amigos le habían advertido que estar tanto tiempo sin sexo podía causar estragos en la mente de un hombre.

Y allí estaba, desnudo, sudoroso y jadeante, bajo el voluptuoso cuerpo de la mujer que le sacaba brillo a sus candelabros.

Hundió la cabeza en la almohada. Era el tipo de cosas que seguramente habían hecho sus indeseables antepasados con el personal doméstico. Otra maldita prueba de que no era mejor que los Drummond embusteros y mujeriegos que lo habían precedido.

Annie se había percatado de su cambio de humor, porque también ella se había puesto rígida y se había apartado, protegiéndose con la colcha. Sinclair tiró de la sábana para cubrirse.

Todo era culpa suya.

—Lo siento mucho.

Annie tenía las mejillas coloradas. Se colocó el pelo tras sus pequeñas orejas y Sinclair se llenó de vergüenza por haberse acostado con una mujer decente sin dudarlo siquiera.

–Sinceramente, no sé qué me ha pasado –se incorporó y apoyó la cabeza en las manos. ¿Se estaría volviendo loco? ¿Habría contraído la misma enfermedad tropical que tuvo delirando a su madre durante una semana?

Anticoncepción. La palabra resonó entre los caóticos pensamientos que le martilleaban la cabeza.

–Supongo que no estarás tomando… la píldora –las palabras, no precisamente románticas, quedaron suspendidas en el aire.

–No, pero sí algo parecido. No me quedaré embarazada, si es eso lo que te preocupa –su voz cálida y melodiosa se había reducido a un gélido murmullo. Se levantó de la cama cubriéndose con la colcha, dándole la espalda, y se vistió rápidamente. Sinclair se obligó a apartar la mirada y maldijo el arrebato de lascivia que lo había empujado a cometer aquella locura. Tendría que empezar a hacer ejercicio y darse duchas frías para impedir que algo así volviera a suceder. De lo contrario, ¿qué le impediría hacer lo mismo con su secretaria o con la recepcionista de la oficina?

Se le escapó una palabrota y vio encogerse a Annie.

–Me estaba maldiciendo a mí mismo –le explicó rápidamente–. No sé qué me ha pasado.

–Yo tampoco –murmuró ella. Se puso la blusa y agarró el vestido azul del suelo, evitando la mirada de Sinclair–. Voy a colgarlo en el armario –su voz era fría y seca, desprovista de toda emoción, y su voluptuosa figura volvía a estar oculta bajo su vestimenta de trabajo.

Sinclair respiró profundamente. Tenía que salir de allí y volver a Manhattan. Esperó a que Annie saliera de la habitación y cerrase la puerta tras ella y entonces se levantó y volvió a vestirse. Al agacharse a por los zapatos vio la cinta con que Annie se sujetaba el pelo. Se le debió de caer mientras…

Sacudió la cabeza, todavía confuso por lo ocurrido, y observó los vestidos que habían dejado en una silla de madera. Las prendas se le antojaron apagadas e inertes, muy distintas a la forma que el vestido había adquirido sobre la apetitosa figura de Annie.

Se levantó de la cama y masculló otra maldición. Se estaba volviendo loco, y el único remedio era volcarse por entero en el trabajo de modo que ni a su cabeza ni a su cuerpo les quedaran tiempo ni fuerzas para cometer más estupideces.

El pasillo estaba en silencio y el suelo de madera relucía bajo el sol de media mañana. Annie se había esfumado discretamente y volvería a aparecer si Sinclair la necesitara. Había demostrado con creces sus habilidades para ser una magnífica ama de llaves… y otras habilidades naturales que para Sinclair hubiera sido mejor no conocer. Hubiera preferido no sentir su piel aterciopelada bajo los dedos. Estaría mucho más tranquilo ignorando que sabía a madreselva y que sus ojos adquirían una tonalidad marina cuando se excitaba.

Muy rara vez llevaba equipaje cuando pasaba el fin de semana en la mansión, pues allí tenía un armario bien provisto de ropa cómoda e informal. Lo único que necesitaba era su cartera y las llaves, las cuales encontró en la mesa del despacho, donde siempre las dejaba. Se las metió en el bolsillo con gran alivio y salió por la puerta lateral, donde su coche lo esperaba para devolverlo, a toda velocidad, a la vida normal.

El chirrido de los neumáticos en la grava confirmó los temores de Annie. Sinclair se había marchado.

Se apoyó en el poste de la cama y se abandonó al torrente de emociones que se habían desatado en su cuerpo minutos antes. Aún sentía la huella de los dedos de Sinclair en la piel mientras le hacía descubrir un placer desconocido.

Cerró los ojos con fuerza. ¿Por qué? ¿Por qué justamente en esos momentos, cuando todo en su vida marchaba perfectamente? Sus ahorros crecían vertiginosamente y muy pronto podría comprarse una casa, una versión en miniatura de la mansión Drummond donde podría vivir como ella quisiera. También se dedicaba a hacer pañuelos y ganchillos para venderlos por internet, con vistas a ser autónoma algún día y tener su propia tienda. Aquella segunda ocupación era posible porque se pasaba casi todo el tiempo sola en la mansión, mientras los ilustres Drummond honraban con su presencia los locales más exclusivos de Manhattan o se alojaban en alguna de sus otras muchas residencias. El empleo de Annie era el sueño de cualquiera que buscase paz y tranquilidad a cambio de limpiar el polvo y sacarles brillo a los cubiertos. Y encima estaba bien pagado, amén de otros muchos beneficios.

Lo había echado todo a perder…

Miró por la ventana y constató con gran desánimo que el camino de entrada estaba vacío, flanqueado por los viejos y silenciosos robles. Sinclair había regresado a su otra vida, donde lo esperaba una legión de mujeres deseosas de complacerlo.

Se llenó de aire los pulmones y salió de la habitación. Su dormitorio estaba en la planta baja, junto a la cocina, lejos de los aposentos principales. La atmósfera tranquila y silenciosa que normalmente se respiraba en la casa se había cargado de remordimiento y pesar. Recorrió el pasillo de la planta baja, donde todo parecía extrañamente normal.

Annie había albergado fantasías sobre Sinclair desde que lo había conocido, naturalmente. ¿Y quién no? Era alto, moreno, atractivo y obscenamente rico. Pero también era un perfecto caballero a la vieja usanza, siempre atento y cortés con todo el mundo. El sueño de cualquier mujer.

Qué estúpida… Seguramente le había dado a Sinclair la imagen de una mujer fácil. Y al parecer, lo era. En menos de cinco minutos habían pasado de jugar a los disfraces a la cama.

¿Podría volver a mirarlo a la cara alguna vez?

Fue un alivio inmenso que Sinclair no se presentara en la mansión el fin de semana siguiente. Annie siguió sus instrucciones y continuó registrando el desván. Aún no había ni rastro de la copa, pero al cabo de dos días había encontrado tantas cosas interesantes que decidió hacer un inventario. Muchos de aquellos objetos causarían sensación en el programa *Antiques Roadshow*.

Sinclair no había llamado, pero ¿por qué habría de hacerlo? Ya se había disculpado por lo que para él había sido una especie de enajenación transitoria. No había nada más que decir al respecto.

El corazón de Annie no opinaba igual, pero por nada del mundo se atrevería a exponer sus sentimientos. Sinclair Drummond jamás podría corresponderla. Sinclair había estudiado en la Universidad de Princeton y ella solo se había graduado en el instituto. Él se había casado dos veces y ella ni siquiera había tenido nunca una relación seria. No tenían absolutamente nada en común, salvo que los dos dormían bajo el mismo techo los pocos días que Sinclair pasaba en la mansión.

Transcurrió otra semana sin noticias de él.

Los viernes por la noche siempre la ponían nerviosa. Era cuando se presentaban los invitados para el fin de semana. Normalmente la avisaban con tiempo, pero no siempre, y Annie debía mantener la casa preparada para acoger visitas en cualquier momento. Comida en la nevera, sábanas limpias en las camas y toallas de baño.

Siempre esperaba ansiosa junto a la ventana, deseando que Sinclair se presentara solo, sin la compañía de alguna guapa inversora con un cuerpo modelado en el gimnasio. ¿Y si aparecía con alguna mujer? ¿Podría recibirlos con su acostumbrada sonrisa y ofrecerse a llevar sus maletas como si no hubiera pasado nada?

Oyó un motor en el camino de entrada y enseguida reconoció el coche de Sinclair. Reprimió el impulso de esconderse en la despensa y corrió hacia la ventana, rezando por que hubiera llegado solo. Al menos hasta que ella hubiera tenido tiempo de olvidar la sensación de sus labios y sus manos.

Su decepción fue mayúscula cuando vio a una mujer rubia y elegante bajándose del coche.

Tal vez quería dejarle claro que no había ningún futuro entre ellos, como si su precipitada marcha dos semanas antes le hubiera dejado alguna duda…

Se retocó el pelo y se ajustó la camisa a rayas rosas y blancas. Si Sinclair podía comportarse como si no hubiera pasado nada, también podría hacerlo ella.

Abrió la puerta principal y esbozó su mejor sonrisa, intentando sobreponerse a la presencia de la mujer rubia.

–Buenas noches.

–Hola, Annie –la voz sonora y varonil de Sinclair le removió dolorosamente las entrañas–. Te acuerdas de mi madre, ¿verdad?

Annie reconoció entonces a la elegante mujer rubia.

–Señora Drummond, ¡cuánto me alegro de volver a verla!

Delgada como un palillo y con un bronceado espectacular durante todo el año, la madre de Sinclair aparentaba ser mucho más joven de lo que era. Se pasaba casi todo el tiempo viajando a lugares exóticos y hacía once meses que Annie no la veía. Haberla confundido con una rival era una prueba del estado neurótico en que se encontraba.

–Annie, querida, espero no ser una carga –sus grandes ojos azules habían perdido su brillo habitual, y su piel estaba ligeramente más pálida–. Pero el médico dice que me he librado de las garras de la muerte y que me vendrá bien respirar el aire de la costa.

–Fantástico –Annie rodeó el coche hacia el maletero, del que Sinclair estaba sacando el equipaje para el fin de semana. Entonces se abrió la puerta trasera y Annie casi dio un respingo al ver salir a una mujer alta, delgada y morena que hablaba por un móvil.

Sus pocas esperanzas se hicieron añicos. Allí estaba la nueva novia de Sinclair.

Se dispuso a agarrar una de las dos maletas, pero Sinclair se adelantó.

–Yo las llevo –masculló secamente. Agarró las dos maletas y se dirigió hacia la puerta. Annie cerró el maletero sin hacer ruido, dolida porque ni siquiera la hubiese mirado a los ojos.

–Señora Drummond, ¿por qué no entra en casa y se toma una taza de té? En caso de que le permitan tomar té, claro está.

Volvió a mirar a la esbelta joven, quien intentaba

cerrar la puerta del coche mientras sostenía tres grandes bolsas y el teléfono móvil. El trabajo de Annie consistía en hacerse cargo de las bolsas y dedicarle una sonrisa cortés, pero algo le impedía actuar.

–Annie, querida, esta es Vicki –le presentó la señora Drummond. La joven levantó brevemente la mirada y le dedicó a Annie una fría sonrisa.

–Hola, Vicki. Deja que te ayude con eso –con un gran esfuerzo de voluntad, agarró la gran bolsa plateada con el logo de Dolce & Gabbana. Vicki siguió hablando por el móvil y no le prestó más atención.

Sin dejar de sonreír, condujo a las dos mujeres hacia la casa. Por suerte la tenía tan pulcra y ordenada como siempre. Sinclair debía de haber subido a su habitación, porque no se lo veía por ninguna parte. Subió la escalera con la bolsa de Vicki en la mano mientras la joven seguía charlando y riendo por el móvil. Un vistazo fugaz a la habitación de la señora Drummond le confirmó que Sinclair había dejado el equipaje de su madre sobre la cama.

La habitación de Sinclair era la siguiente y Annie dudó un momento, preguntándose si tendría que dejar allí la bolsa de Vicki.

–No creerás que voy a acostarme con Sin, ¿verdad? –exclamó Vicki en tono burlón, acercándose por el pasillo–. Ni siquiera dormimos juntos cuando éramos críos, aunque de eso hace tanto tiempo que no me acuerdo.

–Vicki puede dormir en la habitación azul –dijo la señora Drummond.

–Perfecto –aceptó Vicki. Se detuvo y apoyó una

bolsa en la cadera, dándole tiempo a Annie para observar su atuendo. Pantalón gris ceñido, camiseta blanca de tirantes y un extraño colgante plateado entre sus pechos turgentes.

–Por supuesto –murmuró Annie. De modo que Vicki no era la nueva novia de Sinclair, sino una vieja conocida.

–Vicki es una vieja amiga de la familia –explicó la señora Drummond–. Me sorprende que no la hayas visto antes, Annie.

–Hace mucho que no vengo a la mansión Drummond –dijo Vicki, subiéndose el bolso de piel de serpiente bajo el brazo–. Es increíble lo rápido que pasa el tiempo, ¿verdad? Estoy encantada de volver a estar aquí con todos vosotros.

A Annie le pareció detectar un tono sarcástico en su voz.

–Y nosotros lo estamos de tenerte aquí, querida –respondió la señora Drummond. Se acercó a ella y le dio un beso en la mejilla. Vicki cerró los ojos y arrugó la frente con una expresión incómoda. Annie se quedó perpleja. Nunca había visto una muestra de afecto semejante por parte de la señora Drummond–. Será como en los viejos tiempos.

–No, por Dios –rechazó Vicki–. No soporto ir hacia atrás. Pero es estupendo estar entre viejos amigos… –miró hacia el fondo del pasillo–. ¿Cuál es la habitación azul? Me muero por darme una ducha.

Annie salió de su aturdimiento.

–Lo siento… Por aquí. Te traeré toallas limpias. ¿Necesitas champú o acondicionador?

31

–Tengo todo lo que necesito, salvo agua corriente –su mirada se posó en Annie un segundo más de lo normal.

¿Quién era realmente esa Vicki y qué hacía allí?

Para cenar preparó uno de los platos favoritos de Katherine Drummond: salmón con salsa de arándanos y guarnición de patatas y judías verdes.

Annie evitó mirar a Sinclair mientras servía la comida. La experiencia le había enseñado a estar preparada para casi todo. Y le reportaba una gran satisfacción hacer bien su trabajo. El comedor ofrecía un aspecto realmente acogedor, con las velas y la luz del crepúsculo entrando por las ventanas. No sería por falta de esfuerzo por su parte que la casa estuviese fría y oscura.

Se inclinó sobre Sinclair para llenarle la copa de vino blanco. Su largo pelo negro le llegaba al cuello y Annie ahogó un gemido al recordar su tacto, sedoso y espeso, bajo los dedos.

Una extraña sensación le hizo levantar la vista y se encontró con la mirada de Vicki. Giró rápidamente la cabeza y llenó las copas de Katherine y de Vicki. ¿La habría sorprendido mirando a Sinclair?

–No me parece justo que Annie se prive de la cena tan deliciosa que ella misma ha preparado –dijo Vicki.

–Tiene razón –corroboró Katherine–. Annie, querida, trae otro plato y únete a nosotros. Esta noche es solo una cena familiar –alargó el brazo sobre la mesa y agarró la mano de Vicki, quien arqueó ligeramente las cejas y sonrió.

–Eres muy amable.

Annie vaciló. Por un lado envidiaba a los que estaban sentados a la mesa, pero si se unía a ellos se sentiría terriblemente incómoda e insegura. ¿Cómo sabría cuándo levantarse para servir el siguiente plato? ¿Debería tomarse una copa de vino con ellos o limitarse a beber agua para no quemar el *soufflé* de chocolate?

–Ya he cenado, gracias –la mentira le abrasó la lengua.

–De todos modos siéntate con nosotros –insistió Katherine, y le señaló la silla vacía junto a Sinclair–. Estoy deseando que me cuentes cómo van tus exploraciones en el desván.

Annie retiró la silla, que chirrió ruidosamente contra el suelo, y se sentó tan lejos de Sinclair como le fue posible. Él ni siquiera levantó la mirada de su salmón.

–He registrado muchas cajas y baúles y he hecho un inventario. ¿Voy a buscarlo? –buscaba cualquier excusa para poder levantarse.

–No es necesario. Supongo que aún no has encontrado la copa.

Annie negó con la cabeza.

–Estoy examinando todos los objetos para ver si podrían ser fragmentos de una copa, pero hasta ahora no he encontrado nada parecido. ¿No hay ninguna descripción de la copa?

Katherine tomó un sorbo de vino.

–Solo se sabe que es de plata y que no tiene incrustaciones de joyas. Aunque sospechamos que no es de plata, sino de peltre o de otro metal común. Es extraño que un tesoro tan preciado para la familia tuviese tan poco valor.

Vicki se recostó en la silla.

–Eso demuestra que la familia conocía bien la naturaleza humana. Si hubiese sido un objeto valioso, cualquiera podría haberlo fundido o haber arrancado las gemas. Al despojarlo de todo valor salvo para la familia se aseguraron de su supervivencia. ¿Es de la época en que los hermanos partieron de Escocia?

–No lo sabemos –respondió Katherine, antes de tomar un bocado de judías verdes. Masticaba muy despacio, como si temiera que la comida estuviese envenenada–. La copa podría ser mucho más antigua si fue pasando de generación en generación antes de que los Drummond vinieran a América. Nadie sabe cuándo ni dónde se originó la leyenda. Cuando me casé con Steven, el padre de Sinclair... –miró a Annie–, su madre aún vivía y le encantaba contar historias de la familia. A menudo se preguntaba si era el momento de que nos pusiéramos a buscar en serio la copa –arqueó una ceja–. Su matrimonio estuvo lleno de desgracias, y todos sus hijos, incluido mi marido, fueron bastante... alocados.

Miró a Sinclair, quien parecía estar absorto en cortar una patata.

–Desde entonces no he dejado de preguntarme si el hallazgo de la copa podría acabar con la maldición y hacer la vida más fácil para todos los Drummond –se inclinó hacia Vicki como si fuera a hacerla partícipe de un secreto–. La leyenda dice que la copa devolverá la fortuna y la prosperidad a los hombres de la familia, y por tanto las mujeres también saldremos beneficiadas.

De repente Annie lo entendió. Katherine Drummond había invitado a Vicki a la mansión con la esperanza de que se convirtiera en un miembro de la familia... como la próxima mujer de Sinclair.

–Hay muchas cosas interesantes en el desván –se apresuró a decir para pensar en otra cosa–. Hasta ahora he encontrado de todo, desde un viejo cuerno de caza a un broche de perla. Por eso decidí hacer una lista. Es una lástima que unos objetos tan especiales permanecieran ocultos.

–A veces es mejor ocultarlos y así tenerlos a salvo –opinó Katherine–. Sobre todo en la era de internet y eBay... Aunque supongo que Vicki no estará de acuerdo conmigo.

Vicki se echó a reír.

–Creo que cada objeto tiene su propietario ideal.

–Vicki es anticuaria –explicó Katherine.

–Algunas personas lo llaman de otra manera –repuso Vicki, arqueando una ceja fina y oscura–. No olvidemos que el valor está en el ojo del espectador.

–Creía que era la belleza –dijo Sinclair. Eran las primeras palabras que pronunciaba en la cena, y provocaron un breve silencio de asombro.

–¿Y no es lo mismo? –Vicki levantó su copa de vino y tomó un pequeño sorbo sin apartar la mirada de Sinclair.

Annie tragó saliva. Aquella mujer rezumaba una arrebatadora seguridad en sí misma, tanto intelectual como sexual. Ella, en cambio…

–Voy a quitar la mesa –se levantó y se llevó dos fuentes a la cocina.

–El valor no siempre está unido a la belleza –oyó que Sinclair decía tras ella–. Mis inversiones más rentables han sido en cosas que a nadie le gusta mirar: el uranio, la bauxita, el gas…

–Así que lo que más valoras son las cosas insípidas y ordinarias.

Annie tuvo la impresión de que el comentario de Vicki iba dirigido a ella, como si le estuviese reprochando a Sinclair el posible interés que tuviera por su ama de llaves.

–Valoro las cosas que son útiles.

–¿Qué vamos a hacer con este hijo tuyo?

–Sabe Dios lo mucho que me he esforzado por cambiarlo, pero todo ha sido en vano… Puede que el cáliz sea nuestra única esperanza de salvarlo –las risas de las mujeres rechinaron en los oídos de Annie. Ella no formaba parte de aquel grupo.

Entró silenciosamente en el comedor, donde la conversación giraba ahora en torno a una de las glamurosas fiestas que celebrara la clase alta. Se sintió como la Cenicienta, condenada a una vida de servidumbre sin poder asistir jamás a un baile.

Recogió el plato de bollos, intacto, y no pudo resistirse a levantar la vista. La mirada fría y oscura de Sinclair le provocó un escalofrío y, al mismo tiempo, una ola de ardiente atracción.

–Mañana saldré a navegar y estaré fuera todo el día –le habló directamente a su madre.

–No importa. Así Vicki y yo tendremos tiempo para familiarizarnos con el desván.

A Annie le temblaron tanto las manos que los dos platos que llevaba vibraron ruidosamente. ¿La estaban apartando de la búsqueda de la copa? Se dio cuenta de que había desarrollado un fuerte sentimiento hacia el desván y el hallazgo de sus tesoros ocultos.

Lo cual era absurdo, porque nada de eso le pertenecería ni sería suyo jamás. Ni siquiera el vestido azul, guardado en un armario a pocos metros de la cocina. Por unos breves instantes había sentido que estaba hecho para ella, o mejor dicho, que ella estaba hecha para él. Al ponérselo se había transformado en otra persona.

Tal vez lo mejor fuera mantenerse alejada de aquella vieja colección de objetos con poderes mágicos...

Llevó los platos a la cocina y vació los restos en la basura. Agudizó el oído al máximo, pero solo se oía la charla de las dos mujeres.

–Annie –la voz de Sinclair tras ella le hizo dar un respingo. Se dio la vuelta y lo vio en la cocina, más alto e imponente que nunca–. Tenemos que hablar.

Tragó saliva.

–Sí.

Capítulo Tres

Normalmente a Sinclair le gustaba prepararse él mismo las tostadas y el café, pero Annie no podía estar segura de lo que quisiera el resto de la gente y por tanto se quedó en la cocina, dispuesta a hacer tortitas o huevos revueltos. Con un poco de suerte Sinclair sería el primero en bajar y así podrían tener la conversación pendiente.

Por desgracia, fue Vicki la primera en aparecer. Llevaba su lustroso pelo negro anudado en un recogido informal pero elegante, pantalones cortos y una camiseta que dejaba ver el ombligo.

–Buenos días, Annie. ¿Es ahora cuando me preguntas si me apetece desayunar?

–Te me has adelantado –dijo ella con una alegre sonrisa. Estaba acostumbrada a las visitas insolentes. ¿Qué quieres que te prepare?

–¿Tienes pomelo?

–Tengo macedonia de melón, piña y uvas, pero me temo que no tengo pomelo. ¿Quieres que te consiga algunos?

–No, no. Tomaré esa macedonia, a ser posible con huevos y beicon. ¿Has visto a Sinclair?

–Hasta ahora no.

–Se habrá marchado temprano para evitarnos

–especuló Vicki con una sonrisa cómplice–. No es una persona muy sociable, ¿verdad?

Annie miró hacia las escaleras. ¿Se habría marchado ya Sinclair? A veces se escabullía al amanecer y con frecuencia regresaba mojado, por lo que seguramente iba a la playa. Pero no solía hacerlo cuando tenía invitados en casa.

No respondió a la pregunta de Vicki. Por lo que ella podía ver, Sinclair era un hombre muy sociable y al que se le daban bien las personas.

–¿Te gusta el beicon muy hecho?

–Perfecto –Vicki entró en el comedor y se puso a leer el *New York Times* mientras Annie se dirigía hacia la cocina.

Por suerte tenía beicon fresco en abundancia, y en pocos minutos tuvo tres lonchas chisporroteando en la sartén mientras los huevos se cocían en una cacerola. La puerta de la cocina se abrió de pronto y a Annie casi se le salió el corazón por la boca, esperando encontrarse con la imponente presencia y la severa mirada de Sinclair.

–Vaya, qué nervios –dijo Vicki con una sonrisa–. ¿Esperabas a otra persona?

–No –respondió apresuradamente Annie. Sirvió el beicon y los huevos en un plato y confió en que el rubor de sus mejillas fuese atribuido al calor que emanaba de la cocina.

Vicki permaneció en la puerta, observándola.

–Sinclair es un hombre muy hermético.

Annie quiso refutarla, o al menos preguntarle por qué tenía esa impresión. Pero no lo hizo.

–¿Vas a desayunar en el comedor?

–Me lo llevaré yo misma –le quitó el tenedor y el cuchillo de las manos con otra de sus encantadoras sonrisas–. Y muchas gracias por prepararlo. Tiene un aspecto delicioso.

¿Sospecharía que algo había ocurrido entre Sinclair y ella?

Katherine bajó a las diez y desayunó un poco de muesli.

–¿Ya nos ha abandonado mi hijo?

–No lo sé, pero no lo he visto en toda la mañana –respondió Annie mientras se volvía a llenar el vaso de zumo.

–Estoy impaciente por subir al desván, aunque debo tomármelo con calma. El médico dice que no puedo permanecer levantada más de treinta minutos seguidos –sacudió la cabeza, agitando su elegante recogido rubio–. Ya me dirás qué se puede hacer cuando tienes que sentarte cada media hora. Pero es el mejor en su especialidad y le he prometido a Sinclair que seguiría sus instrucciones al pie de la letra.

–¿Cómo te encuentras?

–Débil –respondió con una risita–. Vomito con mucha frecuencia. Se supone que debo comer de todo para recuperar las fuerzas, pero no tengo apetito. A lo mejor pruebo un tratamiento de acupuntura. Una amiga mía me ha hablado maravillas.

Annie se aventuró a seguir la conversación.

–Mi hermana la probó para dejar de fumar y no le funcionó. Aunque la culpa fue de mi hermana, no del acupuntor. Su propósito era demostrarle que no servía para nada, más que dejar el tabaco.

La sonrisa de Katherine iluminó el comedor.

—Mi propósito es ponerme bien. Aún tengo mucha vida por delante… y ni siquiera he conocido a mi primer nieto.

Annie dio un respingo y casi se le derramó el zumo de la jarra. Sinclair era el único hijo de Katherine, por lo que todas sus esperanzas de ser abuela pasaban por verlo casado.

—Es una bonita ilusión.

—¿Y qué me dices de ti, Annie? ¿Hay alguien especial en tu vida?

Se le congeló la sangre en las venas. ¿También Katherine sospechaba que había algo entre ella y su hijo?

—Pasas tanto tiempo aquí sola que temo que te hayamos aislado de la civilización. Quizá deberías probar una de esas páginas de contactos de internet.

Annie se desanimó aún más. A Katherine ni siquiera se le había pasado por la cabeza que ella y Sinclair pudieran estar juntos.

—Estoy muy bien. Esperaré pacientemente hasta que aparezca mi príncipe azul —sonrió y confío en parecer convincente.

—En estos tiempos no se puede esperar a que aparezca tu príncipe. Más vale salir a buscarlo antes de que estén todos cazados.

A Sinclair lo habían cazado dos veces y sin embargo seguía disponible, pensó Annie. Aunque

¿qué garantía podía ofrecerle un hombre con dos divorcios a su espalda?

–No tengo tiempo para salir con nadie. Estoy pensando en asistir a un curso por las tardes.

–¿En serio?

Annie se lamentó de haber hablado. Aún no había madurado su plan y su jefa iba a pensar que intentaba eludir sus responsabilidades domésticas. ¿Por qué se lo había dicho? ¿Tanto temía dar la imagen de una triste solterona que se pasaría el resto de su vida sacándoles brillo a los candelabros?

–No me quitará mucho tiempo –se apresuró a aclarar–. Estaba pensando en aprender un poco sobre el mundo empresarial –se encogió de hombros a modo de disculpa. No convenía confesarle a Katherine que su sueño era abrir una tienda algún día.

–Me parece una idea fantástica, Annie. Si puedo ayudarte en algo, con cartas de referencia o lo que sea, no dudes en pedírmelo. Y seguro que Sinclair también se alegrará al enterarse.

Annie no estaba tan segura. Aunque quizá Sinclair se alegrara ante la perspectiva de perderla de vista después de lo que había pasado.

–Gracias. ¿Quieres que te prepare unas tostadas?

–No, gracias. Me gustaría subir al desván, si estás lista.

Se pasaron el día registrando las cajas y baúles repletos de trastos y objetos viejos. El calor aumentaba a medida que transcurrían las horas. Vicki estaba sorprendentemente callada mientras examinaba los objetos con un ojo crítico, como si tomase notas mentales de todos ellos. Encontraron varias piezas de marfil del siglo XVIII y una caja con dos jarrones chinos, pero el resto de cosas apenas tenía valor. Casi todo eran cajas de cuellos de camisa y extravagantes sombreros de piel de topo. Al caer la tarde interrumpieron la búsqueda.

–Creo que es hora de un té helado –propuso Katherine, levantándose de la silla plegable que Annie le había llevado.

–Ve tú. Enseguida bajo –dijo Vicki, quien estaba hurgando en un baúl negro.

–¿Hay algo interesante? –preguntó Katherine mientras se abanicaba con la mano.

–Aún no estoy segura. Si encuentro algo te lo diré.

–Vámonos, Annie. ¿Me ayudas a bajar la escalera?

A Annie no le hacía ninguna gracia dejar a Vicki entre las reliquias de la familia, pero no le quedaba más remedio que ayudar a Katherine.

Se pasó la hora siguiente haciendo bollos y untándolos de mantequilla y mermelada mientras aguardaba el regreso de Sinclair. Katherine dormitaba en un sillón y Vicki estaba mandando un mensaje de texto por el móvil cuando finalmente se oyó el coche de Sinclair deteniéndose en el camino de entrada. A Annie se le aceleraron los latidos y se fue corriendo a la cocina para no ver como Sinclair besaba a Vicki en la mejilla. Si él quería verla ya sabía dónde encontrarla. Examinó su reflejo en una olla de acero inoxidable y se recogió el pelo.

Las pesadas pisadas en la escalera le indicaron que Sinclair estaba subiendo a su habitación y dejó escapar un suspiro de alivio y decepción. Era evidente que Sinclair no ardía en deseos de verla. Ella podría subir con el pretexto de llevarle toallas limpias o recoger su ropa sucia.

Oyó unas pisadas más suaves en la escalera. Debía de ser Vicki, que iba a arrojarse a los brazos de Sinclair y a suplicarle que le contase sus aventuras marítimas.

Se maldijo a sí misma por dejar que aquello la afectara. Sinclair nunca sería suyo.

–Es uno de los mejores retratistas contemporáneos, pero si no estás seguro… –la voz de Vicki llegaba desde el piso superior–. Katherine, Sin no quiere venir con nosotras, así que nos iremos las dos solas.

–No me canso de decirle que debería prestarle más atención al arte, tanto por su belleza como por su potencial inversor, pero no me escucha. ¿A qué hora abre la galería?

Annie escuchó cómo planeaban su visita a la galería de arte y calculó el tiempo que pasaría a solas con Sinclair. Lo bastante para hablar, al menos.

Se preparó para la cena mientras las dos mujeres se arreglaban. Katherine estaba tan impecable como siempre, con su pelo dorado enmarcándole los pómulos y ataviada con un traje pantalón y un collar de jade. Por su parte, Vicki se había esmerado al máximo para parecer una diosa recién levantada de la cama. Lucía un vestido diáfano y ceñido que revelaba sus largas y esbeltas piernas y unas botas de tacón cortas.

Annie resistió el impulso de mirarse a sí misma. No podía competir con aquellas mujeres, y nadie esperaba que lo hiciera, pero con su uniforme de siempre se sentía más desaliñada y vulgar que nunca. Se escondió en la cocina hasta que oyó cerrarse la puerta. Si Sinclair quería hablar con ella tendría que ir a buscarla.

Y así lo hizo.

–No te había oído –balbució al verlo de pie en la puerta, alto y serio.

Tenía el pelo mojado y echado hacia atrás, aunque un mechón le caía sobre la frente. Llevaba un polo gris y unos pantalones descoloridos, y Annie se sobresaltó al ver que iba descalzo. ¿Cómo podía estar tan atractivo con un aspecto tan informal?

–Escucha, Annie... Sobre el otro día... –frunció el ceño–. No sé cómo explicarlo...

–Yo tampoco –lo interrumpió ella–. Fue del todo imprevisto.

Pareció aliviado, lo cual hizo daño a Annie.

–Creo que ambos deberíamos olvidarlo.

–Por supuesto –corroboró ella rápidamente.

Todo quedaba aclarado y zanjado. No había más que hablar y Sinclair debería marcharse y dejarla en paz. Pero no lo hizo. Se quedó en la puerta.

–Eres una chica estupenda, Annie.

–Tú también lo eres.

–No tanto –se frotó el pecho y Annie recordó los recios músculos que se ocultaban bajo su polo gris. Ella había apoyado la mejilla en su pecho y había suspirado de puro placer.

–Sé que no querías hacerlo… –ni siquiera podía expresarlo con palabras. No habían hecho el amor ni se habían acostado juntos. Habían tenido sexo, así de simple, pero le resultaba imposible decirlo–. Sé que no lo planeaste y que te arrepientes de haberlo hecho –tragó saliva. Lo que había sido la experiencia más maravillosa de su vida no era más que una breve y embarazosa nota en la vida de Sinclair.

–Exacto.

Su confirmación fue como recibir un mazazo. La pasión compartida también habían significado algo para él. Le costaba creer que sus gemidos y jadeos no fueran más que una simple reacción física.

–Yo tampoco sé lo que me pasó. Pero me aseguraré de no volver a probarme uno de esos vestidos –consiguió esbozar una temblorosa sonrisa.

Él también sonrió, formándose un arrebatador hoyuelo en su mejilla.

–Estabas impresionante con ese vestido, Annie.

El corazón le dio un vuelco al oírle pronunciar su nombre justo después del halago.

–Creo que lo impresionante era el vestido. Todos lo eran. No he vuelto a mirarlos desde que los colgué en el armario, pero no parece que nadie se los hubiera probado nunca.

–Salvo uno…

–Solo durante unos minutos –respiró profundamente. Estar con Sinclair en un espacio tan reducido hacía estragos en su cordura–. Puede que haya una razón para que esos vestidos acabaran en un baúl del desván sin que nadie los estrenara.

–¿Una maldición? –preguntó él en tono irónico.

–Un hechizo, más bien, que convirtiera a una mujer sensata y decente en licenciosa y disoluta.

–Pues fue un hechizo muy efectivo –la expresión de Sinclair se oscureció y sostuvo un momento la mirada a Annie–. No quiero decir que tú seas una mujer disoluta, claro, pero…

–Creo que ambos sabemos lo que has querido decir –se apartó un mechón de la frente. Estaba sudando, y bastaría con un roce de los dedos de Sinclair para que se convirtiera en una viciosa depravada y algo más.

¿Fue producto de su imaginación o Sinclair le había recorrido fugazmente el cuerpo con la mirada? Sintió un ligero hormigueo en los pechos y un temblor entre las piernas. Casi podría jurar que los negros ojos de Sinclair la habían examinado de arriba abajo, antes de posarse de nuevo en los suyos.

Pero no tenía ninguna prueba y lo más probable era que se tratara de una fantasía. O quizá Sinclair se estaba preguntando qué demonios le había pasado para acostarse con una mujer tan sosa. Todo había sido realmente extraño.

Y absolutamente inolvidable.

Tendría que buscarse otro trabajo. ¿Cómo iba a

servir a un hombre cuya mera presencia le hacía recordar la pasión vivida?

Lo malo era que no podría encontrar otro trabajo tan bien pagado como aquel, donde pudiera vivir gratuitamente en una bonita mansión junto al mar. Aquel trabajo le había reportado unos cuantiosos ahorros y estaba a punto de ver cumplido su sueño de estudiar.

Sinclair sacó un vaso del armario y lo llenó con agua fría del frigorífico. Se la bebió de un trago bajo la atenta mirada de Annie.

–Mi madre quiere quedarse aquí todo el verano –dijo con el ceño fruncido–. Y yo creo que es lo mejor para ella. El aire puro le sentará bien y podrá descansar tranquila sabiendo que tú te ocupas de todo.

–Me parece una gran idea –mintió. Por mucho que apreciara a Katherine Drummond, lo único que quería en esos momentos era estar sola para lamerse las heridas.

–Vicki se quedará para hacerle compañía, así que no tendrás que preocuparte por entretenerla.

Annie se encogió y golpeó sin querer un bote de azúcar. Sinclair se pasó la mano por el pelo. Evidentemente sabía que la noticia no le hacía ninguna gracia a Annie.

–Y mi madre me ha convencido para que trabaje aquí las dos próximas semanas. Cree que trabajo demasiado –miró fijamente a Annie unos segundos.

–Genial –murmuró ella con una voz vacía y apática.

–Tú y yo somos personas adultas y sensatas –siguió él. ¿Acaso intentaba convencerla?–. Seguro que podemos superar lo que ha pasado.

–Por supuesto –no quería que supiera lo que aquella tarde había significado para ella. Sinclair nunca debía saberlo–. Seré la discreción personificada.

Sinclair arrugó el entrecejo brevemente.

–Sabía que podía contar contigo, Annie –oírle pronunciar su nombre era demasiado para ella, pues le hacía anhelar los momentos en que lo había pronunciado ardiendo de pasión salvaje. Voy a salir a dar un paseo –anunció él sin dejar de mirarla.

–Está bien –respondió ella, como si su opinión importara.

Él volvió a dudar y a fruncir el ceño, la traspasó con la mirada una vez más y se dio la vuelta para marcharse.

Annie se dejó caer contra la encimera mientras lo oía alejarse por el pasillo. ¿Cómo iba a sobrevivir todo el verano?

Tendría que hacerlo día a día. Empezando por la cena de aquella noche.

Capítulo Cuatro

Sinclair permaneció en su habitación el mayor tiempo posible, leyendo un informe. Prefería estar trabajando que relajarse y dejar que su madre se lo organizara todo a cada instante. El programa de aquel día incluía una partida de *croquet* a la que Sinclair no solo debía asistir sino también participar.

Respiró profundamente y cerró el portátil.

–¿Sinclair? ¿Eres tú? –le llegó la voz de su madre desde el pasillo. ¿Había estado escuchando al otro lado de la puerta, esperando oír algún signo de vida? Sacudió la cabeza y se pasó una mano por el pelo. Seguramente tendría a ocho o diez bonitas mujeres solteras, ataviadas con los últimos modelos de *croquet*, dispuestas a luchar ferozmente para conquistar su corazón.

Como si él tuviese corazón...

–Bajaré enseguida.

–Muy bien, querido. Ya ha llegado todo el mundo.

Un vistazo por la ventana le confirmó que había al menos quince de los habitantes más ricos de Dog Harbor. Sus tacones de aguja se hundían en el césped mientras se paseaban por el jardín con sus bebidas en la mano. Sinclair bostezó. En los eventos sociales de su madre hasta las negociaciones más despiadadas parecían un juego de niños.

Annie también estaría allí… No jugando al *croquet* ni batiendo las pestañas, sino sirviendo el té helado y el salmón. La buscó entre la pequeña multitud, pero no la vio, y una profunda decepción lo invadió de camino a la puerta.

–¡Sinclair! ¡Qué alegría verte! ¡Cuánto tiempo…! –lo saludaron nada más salir al jardín. Le cubrieron las mejillas de besos perfumados y él se vio obligado a responder con comentarios banales. Por suerte, ninguna de sus dos exesposas estaba allí. Pero sí se encontraban varias de sus amigas más íntimas.

–¿Te apetece una copa de vino blanco? –la suave voz de Annie lo hizo girarse.

–Un té helado, gracias –las palabras le sonaron patéticamente ridículas después de lo que habían compartido, y el remordimiento lo aguijoneó al ver como se alejaba en silencio para buscar su bebida. Aquella mujer merecía ser tratada con respeto, no que un hombre incapaz de controlarse le arrancara la ropa a tiras.

–Tú eres el primero, Sinclair –le dijo su madre con una alegre sonrisa, poniéndole un mazo en la mano.

Hacía años que Sinclair no la veía con un aspecto tan radiante y saludable. A Katherine le encantaban las fiestas y disfrutaba enormemente haciendo vida social, pero no era una verdadera Drummond y no compartía el gusto por la soledad y el aislamiento que había caracterizado a su marido y a su hijo. Ninguno de los otros Drummond con los que había intentado contactar para preguntarles por la copa se había molestado en responder. Y Sinclair tampoco lo habría hecho si no se tratara de su madre.

Annie regresó con su bebida.

–Ah, ya estás jugando… ¿Quieres que espere hasta que acabes? –su mano quedó suspendida en el aire, esperando a ver si él aceptaba la bebida, y a Sinclair le ardió la sangre al recordar las suculentas curvas que se ocultaban bajo su holgada ropa.

–Me la tomaré ahora –le arrebató el vaso con una brusquedad innecesaria, pues no quería delatar la excitación que se había apoderado de él súbitamente.

–Hacía siglos que no te veíamos, Sinclair –le dijo una mujer morena y delgada a la que reconoció del club náutico–. Si tu familia no hubiera sido la propietaria de este lugar desde siempre, me preocuparía que fueras a vender.

–Jamás podría hacer eso. Mis antepasados se hubieran levantado de la tumba para castigarme por mi osadía.

–Vamos a formar los equipos –anunció su madre–. Sinclair, ¿qué te parece si tú y Lally jugáis juntos? –le señaló a la mujer morena, quien se apresuró a mostrar su conformidad.

Sinclair reprimió una mueca. ¿Por qué no podían dejarlo en paz? Lally se sentiría gravemente ofendida si no intentaba seducirla, y aún más cuando no le pidiera una cita. Y si, movido por un sentimiento del deber, la invitara a salir, le daría el disgusto de su vida cuando no quisiera acostarse con ella. Lo mejor sería acostarse con ella allí mismo y acabar de una vez.

Solo de pensar en ello se estremecía de pavor.

—Claro. ¿Empiezas tú? —le tendió el mazo a su compañera y ella le pasó su bebida para que se la sujetara. Parecía el famoso té helado Long Island de Annie, hecho a base de licor blanco y un chorro de refresco de cola, según se podía adivinar por el color. Tenía un sabor engañosamente dulce y sus efectos eran letales. Sinclair observó como Lally vaciaba el vaso de un solo trago.

—Oh, no. Nos falta un jugador —exclamó su madre, contando a los asistentes con el dedo—. Philip ha tenido que cancelarlo en el último minuto por culpa de un dolor de muelas.

—¿Cómo va tu fondo de inversión? —le preguntó Lally en un evidente esfuerzo por mostrar interés.

Sinclair le respondió mecánicamente mientras se preguntaba qué había visto su madre en ella. Era bonita, de veintipocos años y delgada como un palillo. A él le gustaban más las mujeres con curvas, pero al parecer ya no se estilaban los cuerpos saludables y voluptuosos.

—Vaya, qué bien. Debe de ser estupendo ser tan bueno con los números.

—¿Has visto a Annie, querido? —le preguntó su madre—. Necesitamos que complete el último equipo.

Sinclair se puso tenso.

–No puede haber ido muy lejos.

–He contratado un servicio de cáterin y los invitados pueden servirse las bebidas ellos mismos. Voy a buscarla.

Sinclair tragó saliva y devolvió la atención a Lally, quien se había acercado tanto que amenazaba con ahogarlo con su carísimo perfume. Tuvo que hacer un enorme esfuerzo para no retroceder.

–¿A qué te dedicas? –era una buena pregunta si se pretendía que alguien siguiera hablando.

Lally echó la cabeza ligeramente hacia atrás.

–Estoy metida en un proyecto bastante revolucionario –miró alrededor para asegurarse de que nadie pudiera oírla y robarle la idea–. Organizo fiestas de Botox… ya sabes, donde la gente va a que les alisen sus defectos.

–¿Te refieres a esos sitios donde inyectan neurotoxinas en la cara? –preguntó Sinclair con una mezcla de horror y curiosidad.

Lally se echó a reír.

–Es inofensivo en pequeñas dosis. De lo contrario ya me habría muerto, ¿no?

–¿Tú también te pones Botox? –no se lo podía creer–. Pero si eres muy joven. No puedes tener más de veinticinco años…

Ella le hizo un guiño.

–Veintinueve, pero no se lo digas a nadie. Soy la prueba viviente de que el producto funciona.

Sinclair no pudo resistir la tentación de mirarle la frente. Era tan lisa como la tapa de su portátil de titanio.

Quería alejarse de ella lo más posible, pero la cortesía lo obligaba a acabar antes la partida de *croquet*.

–Deberías invertir en ello. El año que viene quiero sacar el negocio a Bolsa. Mi objetivo es que lo compre un… –siguió hablando, pero él dejó de escuchar en cuanto vio a Annie. Su madre la llevaba del brazo por el césped, y Sinclair advirtió con gran horror que tenía los ojos hinchados y la nariz roja, como si hubiera estado llorando.

–No necesitas conocer las reglas –le explicaba su madre–. Tu equipo juega en último lugar, así que tendrás mucho tiempo para ver de qué va el juego. Dwight estará encantado de explicártelo todo, ¿verdad, Dwight?

El hombre alto y pelirrojo con quien Sinclair había salido a navegar tiempo atrás se mostró entusiásticamente de acuerdo. Los celos hicieron su dolorosa aparición.

–¿Estás bien? –le preguntó sin poder evitarlo.

Annie levantó la mirada con un sobresalto.

–Sí, muy bien –respondió rápidamente–. Es por la alergia… Esta época del año es terrible.

Sinclair frunció el ceño. No recordaba que Annie tuviera alergias, pero había muchas, muchísimas cosas que no sabía de ella.

–Sinclair, empezamos nosotros –le recordó Lally. Golpeó con fuerza la bola y la lanzó a través del primer aro, arrancando un pequeño aplauso a los asistentes. Se giró hacia Sinclair con una sonrisa Él le devolvió la bebida y miró a Annie.

Los ojos se le habían secado y estaba sumida en una animada conversación con Dwight, quien debía de ser muy ingenioso y divertido a juzgar por las carcajadas de Annie. Sinclair endureció los músculos e intentó seguir la conversación, pero la damisela que cotorreaba sobre su chalé nuevo en Santa Lucia le impedía entender nada.

La nariz de Annie estaba ligeramente salpicada de pecas y se arrugaba de un modo encantador al hablar. No alzaba el mentón ni gesticulaba exageradamente con los brazos para enfatizar sus palabras, como hacía la ambiciosa Lally en esos momentos al hablarle de un paseo en yate por el Caribe.

Sinclair consiguió asentir y fingir interés mientras miraba de reojo a Annie. Por una vez se alegró de que ocultara sus curvas bajo el discreto atuendo de siempre.

—¿Qué he hecho con mi bebida? —preguntó de repente, interrumpiendo a Lally.

—No lo sé. ¿Dónde está la chica que las repartía? Ah, ahí está. ¡Sinclair quiere beber algo!

Sinclair se puso rígido cuando Annie giró la cabeza hacia él y lo miró arqueando las cejas.

—Enseguida. ¿Vino o algo más fuerte?

—No, nada —respondió él, reprimiendo la risa—. No tengo sed.

—Pero si has dicho que… —empezó Lally, colocándose entre Annie y él.

—He dicho que no tengo sed. Si quisiera algo iría yo mismo a buscarlo.

La cortante respuesta desconcertó a las mujeres.

–¿Cómo puedes preocuparte por las bebidas en medio de una partida de *croquet*? –preguntó para aliviar la tensión–. Deberías concentrarte únicamente en nuestras bolas.

Dwight soltó una risotada.

–Para ti es muy fácil decirlo, Sin. Algunos todavía nos estamos tocando las bolas –le hizo un guiño a Annie y Sinclair volvió a sentirse invadido por una emoción extraña y abrasadora.

–No seas grosero, Dwight –lo reprendió Vicki–. Vas a asustar a Sinclair…

–Mi hijo es un caballero de la vieja escuela –declaró su madre–. Creo que todos tenemos mucho que aprender de él.

Volvió a mirar a Annie, quien observaba fijamente el mazo de *croquet*. Seguramente desearía encontrarse en cualquier otro lugar, igual que le pasaba a Sinclair.

–Me toca –dijo, decidido a acabar con aquella comedia lo antes posible.

Fiel a su naturaleza estratégica, había analizado la partida mientras los demás golpeaban las bolas sin ton ni son. Coló la suya por el aro desde un ángulo imposible, alejando otras dos bolas en la misma jugada, y luego golpeó con fuerza para cruzar los dos aros siguientes. Con gusto habría seguido hasta completar el recorrido, pero no habría sido ético, y fingió que fallaba su siguiente golpe.

–Me alegro de estar en tu equipo, Sinclair –comentó Lally–. Eres implacable.

Ojalá lo fuera para decirle a su madre que lo dejase en paz y no siguiera entrometiéndose en su vida privada. Por desgracia, tendría que soportar sus enredos y artimañas casamenteras hasta que él volviera a contraer matrimonio para asegurar el futuro de la dinastía Drummond.

En realidad, la idea de tener hijos no le desagradaba. Pero no estaba preparado para casarse.

–Hola, Sinclair. ¿Te acuerdas de mí? –una esbelta pelirroja con un vestido verde se acercó con el mazo en una mano y una bebida en la otra.

–Pues claro, Mindy.

–He oído que Diana está en Grecia todo el verano.

¿Por qué la gente creía que le importaba dónde estuviera su exmujer?

–Supongo que eso ayudará a levantar la economía griega.

Mindy se echó a reír.

–Eres muy gracioso, Sinclair…

–Cuánto me gusta ver a todo el mundo pasándolo bien –intervino su madre, apareciendo con una radiante sonrisa y una bandeja de pastas–. Qué forma tan estupenda de pasar una tarde de verano.

–Déjame que lleve la bandeja –se ofreció Annie, pero Katherine la rechazó.

–De ninguna manera. Estás participando en la partida y eso es mucho más importante.

Annie miró nerviosa a Sinclair, quien apartó la mirada al sentir la corriente eléctrica que ardía entre ellos. ¿Por qué tenía que ser precisamente Annie la que lo colmase de fantasías eróticas?

Annie acabó emocionalmente agotada por el esfuerzo que le suponía no mirar a Sinclair mientras intentaba participar en el juego. Lavó los platos y bandejas lo más rápidamente que pudo, impaciente por irse a la cama a llorar.

–¿Qué hay entre tú y Sinclair?

Casi le dio un ataque al corazón al descubrir a Vicki tras ella.

–Nada.

–¿Me tomas por tonta? –Vicki agarró un bocadito de queso de un plato que aún quedaba por limpiar.

–No sé a qué te refieres.

–¿Ah, no? Pues el rubor de tus mejillas dice lo contrario. Y no me digas que no te parece atractivo porque no te creeré. Es guapísimo… –se comió el bocadito y agarró otro–. Rico y apuesto. ¿Qué más podría desear una mujer?

–¿Me lo preguntas o solo estás pensando en voz alta?

Vicki se rio y se echó hacia atrás su sedosa melena negra.

–Pensando en voz alta, supongo. ¿Crees que yo saldría bien a su lado en una foto de bodas? –enarcó una de sus finas cejas y Annie no supo si bromeaba o hablaba en serio.

–Haríais una pareja muy atractiva –le dijo con dolorosa sinceridad.

–Es una lástima que no baste con eso, ¿verdad? –se acercó más y agarró un trozo de apio de otra bandeja–. La vida sería mucho más fácil si solo importara el aspecto.

–Creo que Sinclair estaría de acuerdo contigo.

–¿Qué pasó entre Diana y él?

–La verdad es que no lo sé.

–Vamos… vivíais bajo el mismo techo.

–A Diana no le gustaba Dog Harbor. Le parecía demasiado aburrido, y después de casarse apenas venían por aquí. No sé qué problemas pudieron tener en otra parte.

–Es como ver solo la historia de un personaje en un culebrón –Vicki apoyó la cadera en la encimera y se cruzó de brazos. Llevaba un vestido blanco que dejaba a la vista una gran porción de sus bronceadas piernas–. ¿No te gustaría conocer todo el argumento?

–Tengo otras muchas ocupaciones más acuciantes –dijo Annie mientras frotaba una mancha de grasa–. Lo que les ocurriese en su vida privada no era asunto mío.

–No opino igual –Vicki la miró un momento en silencio–. Tu trabajo es atender a Sinclair y procurar que esté lo más satisfecho posible, de modo que todo lo que le ocurra es asunto tuyo.

Annie dejó la esponja.

–Mi trabajo es mantener limpia la casa y asegurarme de que haya leche en el frigorífico cuando él venga –alzó la voz con una mezcla de frustración y humillación por verse sometida a un interrogatorio.

–Eh, eh, tranquila –la calmó Vicki con un brillo malicioso en los ojos–. Creo que ocultas algo tras esa serena sonrisa… He visto cómo te mira.

–¿Y por qué no iba a mirarme? Soy su empleada –¿sería verdad que Sinclair la miraba de un modo distinto al resto? ¿Y cómo lo sabía Vicki si hacía años que no lo había visto? Quizá solo estuviera intentando provocarla–. Me cuesta mucho lavar estos platos si no dejas de distraerme.

–Pues déjalos. No van a ir a ninguna parte.

–No puedo. Tengo que preparar la cena.

Vicki ladeó la cabeza.

–Debe de ser muy duro quedarse en la cocina mientras todo el mundo se lo pasa bien en el jardín. Si tuviera que hacerlo yo, creo que me volvería loca.

–Es mi trabajo. Todos tenemos que trabajar.

–¿Todos?

Vicki arqueó las cejas.

–Veo que eres una empleada muy leal… y seguro que tienes razón. A veces me pregunto si Sinclair podría hacer otra cosa aparte de trabajar.

–¿Qué tiene de malo disfrutar de tu trabajo?

–Nada –respondió Vicki con el ceño fruncido–. Es genial.

–¿Trabajas en una casa de subastas? –le preguntó Annie sin poder resistirse.

–Entre tú y yo… y este apio –le dio un mordisco–, en estos momentos no trabajo.

–Supongo que serás muy rica –murmuró Annie mientras enjuagaba otro plato y lo colocaba en el escurridor.

–Se podría decir que sí –afirmó Vicki con una sonrisa hipócrita–. Ha sido muy interesante charlar contigo –caminó hacia la puerta con su paso vaporoso y sensual–. Pero sigo pensando que hay algo entre Sinclair y tú.

A la mañana siguiente Katherine le pidió a Annie que la ayudase en el desván. Sinclair se había ido a jugar al golf con un posible cliente, pero desafortunadamente Vicki seguía allí, traspasado los rostros y las almas con sus ojos color violeta.

–Este juego de cuchillos de caza debe de valer algo –examinó una de las deslucidas hojas a la luz y anotó algo en un cuaderno–. Podría intentar venderlo, si quieres.

Annie frunció el ceño. Vicki se había interesado por muchos objetos y había llenado muchas páginas de notas.

–Buena idea –dijo Katherine–. No sé qué otro uso podríamos sacarles.

–Aquí arriba, ninguno.

–Forman parte de la historia de la familia Drummond –declaró Annie.

–Cierto –admitió Katherine mientras examinaba un extraño artilugio de cuero y cuerda trenzada–. Pero quizá la familia Drummond necesite librarse del equipaje viejo e inútil y dejar sitio para las cosas nuevas.

–No podría estar más de acuerdo –dijo Vicki, tomando otra nota en el cuaderno–. A veces un objeto permanece en el mismo lugar durante más de cien años, olvidado y lleno de polvo, cuando otra persona quizá pudiera encontrarle un mejor uso.

–Creo que a los hijos de Sinclair les gustaría ver estas cosas algún día.

Katherine levantó bruscamente la mirada, lo pensó un momento y asintió.

–Tienes toda la razón, Annie. Vamos a dejarlo todo tal y como lo hemos encontrado.

Annie no pudo contenerse y miró a Vicki, quien le lanzó una torva y fugaz mirada antes de esbozar una sonrisa forzada.

–¿Has recibido alguna noticia de los otros Drummond? –le preguntó a Katherine.

–Ni una palabra. Llamé por teléfono una semana después de enviar las cartas y le dejé un mensaje a un anciano escocés en la finca de las Tierras Altas, pero nadie me ha respondido. En cuanto a los Drummond de Florida, dejé un mensaje en un contestador y ni siquiera sé si lo han oído. Es muy frustrante. Si no logramos convencerlos para que entreguen los otros fragmentos de la copa sería inútil encontrar el trozo que falta.

–¿Saben algo de la copa?

–Lo sabrán si han recibido mis cartas. Ya es hora de dejar atrás los rencores entre la familia. Sinclair no muestra el menor interés por la familia ni por su historia –suspiró y dejó caer la chaqueta en su regazo–. Ni siquiera le preocupa la acuciante necesidad por perpetuar los genes…

Annie se encogió de vergüenza. Si no estuviese

usando medios anticonceptivos podría haber llevado en su interior a la próxima generación de la familia Drummond.

–Aún tiene mucho tiempo por delante –dijo Vicki, que en esos momentos estaba tomando notas sobre unas cucharas–. Es joven.

–Sí, pero yo no. Quiero disfrutar de mis nietos
mientras me queden fuerzas.

–Sinclair acabará encontrando a la mujer adecuada –le aseguró Vicki.

–¿Sí? Yo no estoy tan segura. A las dos primeras
las encontró por su cuenta, pero creo que va siendo
hora de que me haga cargo. Necesita estar con una
mujer sencilla y tranquila, no con una persona ambiciosa.

Annie asintió por dentro. Tal vez ella fuese la
mujer que Sinclair necesitaba...

Vicki, en cambio, se echó a reír.

–¿Una mujer sencilla y tranquila? No creo que a
muchas mujeres les gustase que las describieran de
ese modo. A mí desde luego no.

–No me refiero a que sea una mujer simplona.
Simplemente que sea transparente y natural. Sinclair es un hombre muy sencillo, brillante...

–Y guapísimo.

–Pero sencillo –concluyó Katherine al mismo
tiempo que Vicki, y las dos se echaron a reír.

–Por tus palabras deduzco que no debo intentar
cazarlo –dijo Vicki mientras examinaba, o fingía
examinar, un trofeo en el interior de una vitrina.

–Hasta donde yo sé, eres el soplo de aire fresco

que necesita –repuso Katherine–. Al menos siempre vas de frente. Eres franca y directa, y todo el mundo sabe a qué atenerse contigo.

–Mucha gente considera que es mi peor defecto.

–Solo los que no quieren oír la verdad –replicó Katherine con una sonrisa.

A Annie le dio un vuelco el corazón. ¿Había sido Vicki sincera al decirle que Sinclair la miraba?

Intentó que las emociones no la delataran y dejó escapar un débil e inaudible suspiro. Aquellas dos mujeres hablaban de la vida amorosa de Sinclair como si ella no estuviese presente, y lo último que se le pasaría a Katherine por la cabeza era que su hijo había tenido una aventura, por brevísima que fuera, con la mujer que le servía.

–No parecía que Lally le gustase mucho, ¿verdad? –dijo Katherine.

–No, nada –respondió Vicki–. Eso demuestra que tiene buen gusto. Mi sueño siempre ha sido casarse con un Drummond, a pesar de su dudosa reputación.

–Oh, Vicki… Tú y Sinclair haríais una pareja estupenda.

–Eso le estuve diciendo a Annie –Vicki la miró y Annie deseó que se la tragaran las sombras del rincón–. Y estuvo de acuerdo conmigo.

Katherine batió las palmas y soltó una alegre carcajada.

–Quizá las cosas se estén moviendo en la dirección adecuada…

Vicki volvió a mirar a Annie, pero ella siguió

hurgando en una cómoda. ¿Estaría intentando castigarla a propósito? Quizá experimentara un perverso placer al demostrarle que podría tener a Sinclair si quisiera, mientras que para Annie siempre sería un sueño inalcanzable.

¿Por qué la vida tenía que ser tan terriblemente injusta?

Si quería conservar la cordura tenía que olvidar aquella tarde de sexo salvaje para siempre jamás.

Y lo haría, si realmente fuera tan fácil.

Capítulo Cinco

El corazón le latía con más fuerza a medida que se aproximaba a Sinclair. Apenas lo había visto durante la última semana. Él había estado navegando, pescando o jugando al tenis y parecía estar evitándola. O mejor dicho, no lo parecía. Así era.

Pero no podía seguir mordiéndose la lengua.

Tomó aire y abrió la puerta del salón.

−¿Sinclair?

Estaba solo, leyendo el periódico ante la gran chimenea de piedra. Esta permanecía apagada, ya que hacía mucho calor y la casa, al ser muy antigua, no disponía de aire acondicionado.

−Hola, Annie.

Annie se derritió por dentro.

−Eh… −balbució mientras se colocaba un mechón tras la oreja, y miró hacia atrás para asegurarse de que no había nadie más que pudiera oírla−. Se trata de Vicki. ¿Te importa si cierro la puerta?

Él frunció el ceño y un brillo de curiosidad apareció en sus ojos.

−Suena a algo misterioso −miró hacia la puerta y Annie lo tomó como una respuesta afirmativa. La cerró y pensó un momento cómo exponerle la cuestión.

–Ha estado con tu madre y conmigo en el desván, rebuscando entre las cosas viejas… –Sinclair se inclinó ligeramente hacia delante y ella sintió su cercanía como si fuera un abrazo–. Puede que no sea asunto mío, pero no podía quedarme callada… sabiendo lo importante que es para ti esta casa y todo lo que hay en ella.

Sinclair la observó inexpresivamente. Debía de estar pensando que se había vuelto loca. Tal vez fuese mejor mantener la boca cerrada, pero ella era el ama de llaves y estaba al cuidado de la casa. No podía permitir que se cometiera un robo.

–Vicki ha estado tomando notas de muchas cosas y buscando información sobre las mismas en su ordenador.

–Es anticuaria.

–Lo sé, y también ha estado consultando subastas en eBay. Creo que está pensando en vender algunas de las piezas.

–Puede que mi madre se lo haya pedido. Hay muchos trastos inservibles ahí arriba.

Annie negó con la cabeza.

–Le propuso a tu madre vender algunas cosas y ella dijo que lo guardásemos todo para tus hijos –no quiso decirle cómo había influido ella en Katherine para que tomase la decisión.

–Típico. ¿Por qué todo el mundo ha de tener hijos? ¿Tan terrible sería que esta rama de la familia Drummond muriera conmigo? Que lo subaste todo por eBay –sus labios se curvaron en una sonrisa irónica–. Pero te agradezco que te preocupes por la suerte de esos cachivaches… Es muy considerado por tu parte.

¿Se estaba riendo de ella? No parecía importarle que Vicki se llevara todas las reliquias familiares.

–Deberías tener hijos… –le dijo sin pensar.

Sinclair se enderezó con desconcierto.

–¿Puedo preguntarte a qué se debe tanto interés?

–No sé… Sería una lástima que no los tuvieras. Y tu madre se quedaría muy decepcionada.

–Lo superará. No voy a sacrificarme para complacer a los demás.

–¿No quieres tener hijos? –no sabía por qué seguía indagando en el tema, pero una insaciable curiosidad la acuciaba a preguntar.

–Una vez quise tenerlos –desvió la mirada hacia la ventana y arrugó la frente–. Pero por nada del mundo querría ser padre soltero, y al parecer no hay ninguna mujer que pueda soportarme.

–Eso no es cierto –protestó Annie con el corazón encogido. ¿De verdad se tenía en tan poca estima?–. Simplemente no has encontrado aún a la mujer adecuada –la luz se reflejaba en sus oscuros cabellos y pómulos marcados. Ojalá pudiera decirle ella que la persona adecuada estaba ante él.

Pero él le había dicho que olvidara lo sucedido. No tenía el menor interés personal en ella. Se había dejado llevar por un breve arrebato y lo único que esperaba de ella era que siguiese cambiando las sábanas y le preparara la cena.

–Puede que tengas razón –admitió, sin mirarla a los ojos–. No sé.

La tensión se palpaba en el aire.

–Será mejor que vaya a hacer la cena.

–Sí, será lo mejor –corroboró él con un brillo de regocijo en la mirada–. Antes de que sigas haciendo comentarios de ese tipo.

Había algo entre ellos. Palabras no dichas y emociones que no deberían sentirse. O al menos así lo sentía ella. Tal vez lo único que Sinclair quería era que lo dejase en paz.

Se dio la vuelta y se apresuró a salir del salón antes de empeorar aún más las cosas.

Durante la cena la conversación giró en torno al inminente baile que celebraría un magnate de la música para celebrar su vigésimo aniversario de boda.

–Nos hemos encontrado hoy con su mujer, Jess, en el vivero –explicó Katherine, radiante de entusiasmo–. Estaba buscando arreglos florales para los centros de mesa. Ha invitado a medio Long Island, y cuando le dije que Vicki se estaba alojando en casa insistió en que acompañara a Sinclair. Será sensacional. Ojalá tuviera fuerzas para ir yo también… Recuerdo la fiesta que dieron para celebrar la graduación de su hijo. Contrataron a una compañía de ballet rusa y había cientos de cisnes negros nadando en el lago que hay detrás de su jardín. Vicki tendrá que llevar algo realmente especial para la ocasión.

Annie volvió a la cocina con los restos del primer

plato: filetes de pez espada con espinacas y aceite de sésamo. De nuevo volvía a sentirse como la Cenicienta. Todo el mundo acudiría al baile.

Regresó al comedor con una tarta de melocotón recién hecha y una jarra de crema.

–Tendremos que ir a la ciudad –seguía hablando Katherine. Parecía impaciente por levantarse de la silla y llamar a un taxi–. Hay que buscar un vestido ideal en Madison Avenue.

–No sé… –dijo Vicki, dubitativa–. Puede que tenga algo que ponerme.

–Pero, querida, es la ocasión para derrochar un poco. Vi un fabuloso vestido morado en Fendi cuando iba al médico. Te quedaría perfecto.

–Si tú lo dices… Sinclair, ¿vas a comprarte un esmoquin nuevo?

–Por supuesto que no –respondió Katherine por él–. Si se lo permitiera, se pondría cualquier traje viejo de su padre. Me aseguraré de que vaya presentable –le dedicó una sonrisa indulgente a su hijo, que él ignoró.

–Se me ha ocurrido una idea… –dijo Vicki, deteniéndose con la jarra de crema en la mano–. Aunque quizá sea una locura.

–¿De qué se trata? –quiso saber Katherine.

–Esos vestidos que encontrasteis en el desván antes de que yo llegara… A lo mejor podría ponerme alguno.

Annie se quedó paralizada en la puerta. No soportaba la idea de que Vicki luciera el vestido azul que había enloquecido a Sinclair.

–¡Qué magnífica idea! –exclamó Katherine–. Si no te quedan bien siempre podemos arreglarlos. No entiendo qué hacen colgados en un armario sin que nadie les dé uso. Hay uno de color azul que me parece una maravilla. Tiene un brillo espectacular, como si estuviera hecho de seda tailandesa.

Annie miró a Sinclair, quien se limitó a tomar un trago de vino blanco, y volvió a la cocina.

–Vamos a echarles un vistazo antes del postre –decidió Katherine–. Será divertido. Annie, ven con nosotras. Nos ayudarás a llevarlos a otro sitio más apropiado.

Annie buscó alguna excusa creíble, como la necesidad de decantar el helado, pero su cerebro no le respondía.

–De acuerdo –murmuró, y las siguió en silencio hacia la habitación donde estaba el gran armario de nogal.

Katherine sacó un vestido de color lavanda claro. Las arrugas por los años que había pasado doblado parecían haberse esfumado como por arte de magia, dejando la prenda lista para vestir. El escote y las mangas ribeteados en negro le añadían un particular toque dramático.

–Me pregunto para quién se hicieron estos vestidos... Son de una calidad exquisita.

Sinclair permanecía en el umbral, llenando el hueco con su imponente figura. El polo azul marino se ceñía a su amplio torso mientras, apoyado en el marco de la puerta, miraba con indulgencia a su madre.

–Seguramente para alguien que murió antes de poder lucirlos. El mundo de antes era muy distinto al de ahora. La gente moría por cosas que hoy no merecerían ni una simple visita al médico.

A Annie la conmovió lo mucho que se preocupaba Sinclair por su madre. Había dejado su trabajo para ayudarla en su recuperación y hacía lo posible por entretenerla y alegrarle el día. Si Annie no estuviese ya loca por él, aquel rasgo la habría enamorado definitivamente.

–Tienes mucha razón –dijo Katherine–. Pero sería interesante descubrir si era una Drummond de nacimiento o si se casó con alguien de la familia –sacó un vestido verde grisáceo con ribete rojo oscuro–. Sin duda era una mujer a la que le gustaba ir a la moda.

–He investigado un poco sobre eso –intervino Vicki–. El baúl que contenía los vestidos tenía escrito el nombre de Lyme, en Connecticut.

Annie miró fugazmente a Sinclair mientras los demás escuchaban a Vicki. Su expresión se había ensombrecido por el cansancio, o quizá por alguna inquietud. Cómo le gustaría a ella verlo tranquilo y relajado… Sinclair siempre parecía estar tenso en presencia de otras personas, pero los pocos fines de semana que iba a la mansión él solo parecía un hombre distinto.

Cuando solo estaban él y ella…

–¿Que se fugó con el mozo de cuadra? –el grito de Katherine la devolvió al presente–. No me lo creo. Eso solo pasa en las canciones de amor.

–Bueno... –Vicki se arregló su elegante recogido–. El hombre con el que iba a casarse, Temperance Drummond, intentó que arrestaran al novio por robo.

–¿Por el robo de su novia? –preguntó Sinclair.

–De su caballo y su carruaje. El mozo trabajaba para la novia en Connecticut, pero se fugó con ella en el coche de los Drummond.

–¿La encontraron? –preguntó Katherine, claramente fascinada.

–Hasta donde he podido averiguar, no. Desaparecieron en 1863 y nunca más se los volvió a ver. O al menos, no por aquí –se giró hacia Sinclair y arqueó una ceja–. ¿Qué crees que les pasó? ¿Viajaron en tren al oeste y se hicieron ricos con la fiebre del oro en California?

–¿Quién sabe? A lo mejor fue así –murmuró Sinclair con expresión pensativa–. Pero lo dudo.

–¿Y tú, Annie? ¿Crees que se casaron y vivieron felices el resto de sus vidas?

Annie se encogió de hombros. La atención de Vicki siempre la hacía sentirse incómoda.

–¿Crees que dos personas de distinta clase social pueden ser felices para siempre? –insistió Vicki.

La mirada de Annie buscó involuntariamente a Sinclair. Sus ojos se encontraron y una descarga eléctrica la sacudió por dentro.

–No veo por qué no –dijo, confiando en que nadie se diera cuenta de su reacción–. Si comparten las mismas ideas y valores...

–Yo creo que es más fácil compartir todo eso con

alguien de tu mismo círculo social –opinó Katherine mientras acariciaba el ribete negro del vestido lavanda–. El padre de Sinclair falleció hace mucho, y nunca he sentido el menor interés por salir con el jardinero –se echó a reír, lo cual no era para menos. La jardinera era una mujer alta y musculosa de veintipocos años–. Aunque debo admitir que me encanta ver sus abdominales cuando se pone esos pantalones cortos...

Todos se rieron, y Annie se alegró de que la tensión se disipara.

–Son unos vestidos preciosos. Es una lástima que no se los llevara con ella.

–Sí –afirmó Vicki–. Es muy extraño. Formaban parte del ajuar. Iban a casarse tres días después de que se fugara. Encontré la historia en internet, en las memorias que escribió su vecina. Deberías leerla –le sugirió a Sinclair–. Cuenta muchas cosas sobre tus antepasados. Temperance se casó cinco veces y todas sus esposas desaparecieron.

–Es la maldición –dijo Katherine–. Los Drummond no pueden ser felices... Pero nosotros vamos a cambiar su destino para que Sinclair encuentre la felicidad –le dedicó una radiante sonrisa a su hijo, quien respondió con una mueca. Tenía los codos apoyados en el marco, por encima de la cabeza, ofreciendo una vista espectacular de sus poderosos bíceps. Annie se obligó a mirar en otra dirección.

–Seguro que encuentra la felicidad en el baile –corroboró Vicki, acariciando un vestido de tafetán rosa con incrustaciones de perlas en el corpiño–.

No voy a probarme ahora estos vestidos, pero estoy convencida de que al menos uno me quedará bien.

—Vamos a tomar café —sugirió Sinclair de mala gana.

Annie respiró aliviada al ahorrarse el espectáculo de Vicki luciendo los vestidos. No debería pensar en ellos como si fueran suyos, porque no lo eran, pero no podía evitarlo. Sentía que le pertenecían desde que se probó uno de ellos y quedó prendada bajo su hechizo, y no le gustaba nada saber que habían pertenecido a una mujer que decidió fugarse con su amado. ¿Cómo iba a encontrar la felicidad alguien que se escapaba en un carruaje robado?

Nunca lo sabría. Ella jamás sería tan osada como para llevar a cabo una acción semejante. Por eso debía quedarse al margen y limitarse a observar las hazañas ajenas.

—Vas a ir a ese baile, Annie —le susurró Vicki al pasar junto a ella en el pasillo.

—¿Qué? —se quedó helada, pero Vicki ya había entrado en el salón con Katherine y estaba hablando de otra cosa.

Capítulo Seis

–¡No puedo ir a esa fiesta! –Annie encaró a Katherine y a Vicki sobre el montón de guisantes que había estado pelando. Eran las cinco de la tarde y Vicki debería estar arreglándose para el baile.

–A ver si lo adivino… no tienes nada que ponerte –dijo Vicki, cruzándose de brazos.

–No es solo eso. No me han invitado y yo no… –dudó. No quería decirlo en voz alta.

–¿No vas a encajar allí? –preguntó Katherine, como si le hubiera leído el pensamiento–. Tonterías. Es una fiesta y habrá más de quinientos invitados. Sinclair no puede ir solo, porque todo está pensando para acudir en pareja y que sea muy romántico…

Annie abrió los ojos como platos. ¿A qué se refería? ¿Estaría Katherine intentando emparejarla con su hijo?

–No quiero decir que Sinclair y tú vayáis a hacer algo romántico, claro –añadió Katherine, riendo–. Pero seguro que lo pasáis muy bien. Sé que él no querrá ir a no ser que deba acompañar a alguien. Además, ¿por qué la Cenicienta no puede ir a un baile para variar? –volvió a reírse, encantada con la idea que le había dado Vicki–. ¿Quieres otra aspirina, querida?

–Me tomaría el frasco entero –había estado quejándose durante toda la tarde de un dolor de cabeza–. Pero cuando me entran estas jaquecas nada me alivia. Me dejan fuera de combate para todo el día.

–Pobrecita… ¿Por qué no te acuestas?

–Ni hablar –se apresuró a protestar Vicki–. Lo que necesito es distraerme con algo… Por ejemplo, ayudando a Annie a ponerse guapa para el baile –le dedicó una sonrisa dolorosamente desdeñosa. ¿Por qué se esforzaba tanto por intentar humillarla?

–No me parece que sea buena idea –dijo Annie. Seguro que Sinclair prefiere ir solo.

Sabía que aquello era cierto. Sinclair quería fingir que nunca la había besado ni le había hecho el amor de una manera salvaje y enloquecedora.

–Tonterías. Te lo pasarás muy bien, Annie, ya lo verás. Será la fiesta del verano. Se gastarán dos millones de dólares en organizarla. Puedes verlo como una experiencia. Y ahora vamos a buscarte un vestido. Creo que tengo un Zang Toi que me queda un poco grande…

–No será necesario –dijo Vicki, rodeando posesivamente a Annie con un brazo–. Puede ponerse uno de los vestidos del ajuar.

Katherine miró dubitativamente la cintura de Annie, quien metió instintivamente el estómago hacia dentro.

–No sé si le quedará bien…

–Creo que Annie es mucho más delgada de lo que quiere hacernos creer. Vamos a echar un vistazo –Vicki echó a andar por el pasillo, con Katherine pisándole los talones. A Annie no le quedó más remedio que seguirlas, a paso lento y desganado.

No quería ni imaginarse la cara que pondría Sinclair cuando desfilara ante él con uno de los vestidos que ya les habían causado tantos problemas. Se quedaría horrorizado y seguramente pensaría que había sido idea suya, alguna especie de burda estratagema para seducirlo.

–Creo que el vestido gris plateado le sentará muy bien.

¿Gris plateado combinado con una remolacha? Annie evitó mirarse al espejo mientras Vicki sostenía el largo vestido de escote bajo y aparatosa falda.

–Le faltan la crinolina y las enaguas, pero como no tenemos nada de eso te lo podrás ahorrar. Esperaremos fuera mientras te lo pruebas.

Annie agradeció aquella pequeña muestra de consideración hacia su modestia, pero su inquietud aumentó al quitarse la ropa. Si aquel vestido no le quedaba bien la obligarían a probarse otro. Y si acababa con el vestido azul que ya se había probado, a Vicki y a Katherine les resultaría extraño que estuviese tan arrugado.

El vestido era muy pesado, encorsetado y con numerosas capas de seda. Las mangas, cortas y abullonadas, se ceñían duramente a los brazos, pero no había forma de abrocharse los botones de la espalda por sí sola.

–Um…

–¿Necesitas ayuda? –preguntó Vicki, abriendo la puerta sin esperar la contestación–. Vaya…

A Annie le ardieron las mejillas ante las asombradas miradas de las dos mujeres.

–Debo de estar ridícula.

–En absoluto. Estás increíble –dijo Katherine, recorriéndola con la mirada como si fuese un maniquí–. ¿Qué vamos a hacer con su pelo?

–Tendremos que hacerle un recogido –decidió Vicki–. Tengo horquillas y laca en mi habitación. Y algunos pendientes.

Le abotonaron el vestido, y le quedó tan bien que Katherine la convenció para que no llevara sujetador. Le prestó unas zapatillas de peltre y Vicki se encargó de arreglarle el pelo, dejándole algunos tirabuzones enmarcándole el rostro.

–¿No será excesivo? –preguntó Annie, viendo como la falda de seda caía hasta el suelo.

–Para una dama no hay nada excesivo –replicó Katherine–. Y menos cuando luce un aspecto como el tuyo. Nunca hubiera imaginado que tenías una figura tan estupenda. Deberías lucirla más a menudo.

Genial. Lo siguiente sería ocuparse de sus labores domésticas con un uniforme de criada francesa.

–Sinclair aún no sabe que va a ser Annie quien lo acompañe, ¿verdad? –preguntó Katherine.

–No le he dicho nada –respondió Vicki–. Creo que deberíamos esperar hasta el último minuto para darle la sorpresa…

Annie había perdido toda esperanza de influir en el curso de los acontecimientos. Lo único que podía hacer era prepararse para lo inevitable.

***

Tres horas más tarde, Katherine llamó a Sinclair para que se tomara una copa en el salón antes de marcharse al baile.

–¿Está preparada Vicki? –preguntó él mientras se acercaba.

–No exactamente –respondió Vicki con una expresión de suficiencia. Se llevó un dedo a los labios y Annie se encogió todo lo que pudo. El corazón se le iba a salir del pecho, y cuando Sinclair llegó a la puerta le latía con tanta fuerza que casi rompió el corsé y dejó los pechos al descubierto.

–Entra, Sinclair –lo animó su madre.

–¿Qué os pasa a todas? –preguntó él. Su voz, grave y profunda, avivó la ansiedad de Annie.

Entonces la vio y se quedó parado en el sitio. El asombro, el desconcierto y la incredulidad se reflejaron en su rostro mientras observaba a Annie de arriba abajo. El pelo, los pendientes, el maquillaje, el escote, la cintura… Un inconfundible brillo de deseo ardió en sus ojos y los pechos de Annie respondieron hinchándose dolorosamente en su rígido confinamiento. ¿O quizá fuese una expresión de horror en vez de lujuria?

–Annie… estás impresionante –su halago sonó natural y sereno, como si se hubiera esperado encontrársela vestida para el baile.

–Vicki no se encuentra bien –se apresuró Annie a explicarle–. No querían que fueras solo a la fiesta

81

e insistieron en que… –quería dejarle claro que no había sido idea suya.

–Me alegro –respondió él. Su expresión volvía a ser inescrutable y Annie se recordó que solo se lo decía por guardar las formas.

–Era una lástima desaprovechar la invitación –añadió Katherine, sacudiendo una pelusa imaginaria del impecable esmoquin de su hijo–. Y Annie merece divertirse un poco, para variar. Te asegurarás de que lo pase bien, ¿verdad?

–Por supuesto –respondió él sin apartar los ojos de ella–. Será un placer.

Su tono era tan inexpresivo como su mirada. Annie quiso disculparse con los ojos. La perspectiva de pasar la velada con ella debía de resultarle sumamente incómoda y engorrosa a Sinclair. ¿Creería que ella intentaba reavivar las llamas que los habían consumido una vez?

–¿Y si nos tomamos un gin-tonic? –propuso Vicki, dirigiéndose hacia el mueble bar.

–No, gracias –dijeron Sinclair y Annie a la vez.

Hubo un momento de incómodo silencio, seguido por una risa nerviosa.

–Deberíamos irnos –dijo Sinclair. Seguramente estaba deseando acabar con aquella farsa lo antes posible.

Annie se recogió la abultada falda para no pisársela y darse de bruces contra el suelo y se dirigió hacia la puerta lateral, a través de la cocina, pero Katherine abrió la puerta principal.

–Esta noche tienes que salir por aquí. Estás demasiado elegante para escabullirte por la puerta lateral.

–Nos van a llevar al baile –explicó Sinclair–. Mi madre no quiere que conduzca si bebo.

Un chófer uniformado salió de un coche y les abrió la puerta trasera. Consiguió subirse al coche, tirando de la falda tras ella y colocándosela alrededor de las piernas. Sinclair entró por la otra puerta y se sentó junto a ella.

El chófer se sentó al volante, arrancó el motor y empezó a hablar con un marcado acento de Brooklyn.

–Los estaré esperando en el coche para que puedan marcharse cuando quieran. Parece que va a ser una fiesta por todo lo alto.

Sinclair la miró de reojo. Seguramente se estaba preguntando qué hacía ella allí en lugar de Vicki.

–A Vicki empezó a dolerle la cabeza en el almuerzo –Annie sintió la necesidad de explicárselo. Parecía tener mucho interés en que viniese yo en su lugar.

–Es la primera vez desde que la conozco que se queja de algo –la miró a los ojos y Annie ahogó un gemido por el calor que despedían sus ojos negros–. Sospecho que tiene un motivo oculto.

–Eso mismo pensaba yo –afirmó ella, tocándose los abalorios de la cintura–. Todo ha sido idea suya.

–No me sorprende lo más mínimo.

Annie titubeó. Era difícil ser franca y reservada al mismo tiempo, pero se preguntaba si Sinclair le había hablado a Vicki de su... desliz.

–No le he contado nada de lo que pasó.

Sinclair frunció brevemente el ceño.

–Claro que no –murmuró, pero no dijo que él también hubiera guardado el secreto–. Seguramente Vicki no va a la fiesta porque no quiere encontrarse con alguien que vaya a estar allí.

Annie asintió.

–Puede ser –no conocía los verdaderos motivos de Vicki, pero si con ella había bromeado sobre la atracción que Annie sentía por Sinclair, no sería extraño que hubiese hecho lo mismo con él.

Fuera como fuera, Sinclair no parecía dispuesto a revelar nada.

Estaba arrebatadoramente atractivo con su esmoquin. El cuello de la camisa blanca realzaba el bronceado de su recio mentón y sus pómulos. A Annie le encantaría comérselo con los ojos, pero tendría que conformarse con alguna que otra mirada furtiva.

–Tu madre parece mejorar día a día.

–Sí, gracias a Dios, aunque los médicos dijeron que tardará unos meses en recuperarse del todo. El hígado y los riñones le dejaron de funcionar y su sistema inmunológico se vio gravemente afectado. Tiene mucha suerte de estar aquí, y gracias a este asunto de la copa se queda más tiempo en casa. Normalmente está viajando por todo el mundo, algo que los médicos le han prohibido terminantemente. Si no fuera por eso, ahora estaría en Escocia, irrumpiendo como un vendaval en los salones señoriales de ese Drummond.

Annie se echó a reír.

–Es increíble cuántas cosas hay en el desván. Haría falta toda una vida para registrarlo a fondo –miró al chófer. Quizá no fuese muy sensato hablar de ello delante de un desconocido.

–Mejor así. De ese modo mi madre se quedará más tiempo en Dog Harbor –sonrió brevemente y posó la mano en el asiento. Annie se imaginó que la colocaba sobre su muslo, a escasos centímetros, oculto bajo las capas de seda–. Es curioso lo bien que te queda el vestido. Casi parece que fue hecho para ti.

–Bueno… Su propietaria original tendría que haber llevado un montón de prendas interiores para llenarlo. Yo solamente tengo la cintura estrecha… Me resulta extraño llevar algo tan antiguo y valioso, y tengo miedo de estropearlo, pero Vicki insistió en que la ropa está para ponérsela, no para guardarla en cajas. Y al ser anticuaria supongo que sabe lo que dice –al menos no intentaba robar los vestidos y venderlos en eBay.

–Estoy de acuerdo. Y quizá fue hecho para ti, si esos poderes invisibles del universo en los que tanto cree mi madre actúan realmente –su mirada le provocó un estremecimiento. ¿Serían esas fuerzas misteriosas las que los habían arrojado a uno en brazos del otro? Quizá estuvieran destinados a estar juntos y Vicki fuese una especie de hada madrina disfrazada que la había vestido como una princesa para asistir al baile con su príncipe.

Pero si así fuera, el lujoso Bentley se convertiría en una calabaza a medianoche…

–¿De qué te ríes? –le preguntó Sinclair.

–De nada. Solo intento aliviar la tensión –miró al chófer y se preguntó si sería un ratón transformado en hombre por el toque de una varita mágica. No quería que supiese que ella era una simple ama de llaves.

¿Cómo se la presentaría al resto de invitados?

Llegaron a la mansión de la playa en menos de diez minutos. Una fila de coches y limusinas se alineaba en el camino de entrada. Las luces, artísticamente colocadas, iluminaban la noche y hacían resplandecer los elegantes vestidos y las sonrisas perladas de los invitados. El chófer ayudó a Annie a bajar del coche y ella se lo agradeció. Sinclair rodeó el vehículo y la agarró del brazo. La creciente proximidad la llenaba de pánico. ¿Y si no podía resistirse al impulso de abrazarse a su cuello y besarlo? La experiencia le había demostrado que podía volverse loca cuando estaba con él.

–Tranquila. Solo son personas bajo sus extravagantes vestidos –le susurró Sinclair al oído.

–Puede que mi vestido sea el más extravagante de todos –el llamativo ropaje de color claro destacaba entre el resto de vestidos esbeltos y oscuros.

Sinclair se detuvo y la miró con ojo crítico mientras los coches seguían llegando.

–Eres la mujer más extraordinaria del baile, y estás realmente hermosa con este vestido.

El murmullo de las voces y de los motores se desvaneció cuando las palabras de Sinclair llegaron a su cerebro. ¿Las había pronunciado realmente o solo las había imaginado? Los negros ojos de Sinclair le sostuvieron la mirada un segundo más, robándole lo que le quedaba de aliento.

–¡Sinclair, querido! –la realidad volvió a golpearla con crudeza cuando una mujer rubia y altísima rodeó a Sinclair con los brazos, casi tirando a Annie al suelo–. Mi marido estaba convencido de que no vendrías, pero yo sabía que nos honrarías con tu austera y magnífica presencia –lo besó en las dos mejillas y miró a Annie con sus grandes ojos azules–. ¿Y quién es la joven que llevas del brazo esta noche?

–Mi acompañante, la encantadora Annie Sullivan.

–Es un placer conocerla, señorita Sullivan –la anfitriona le estrechó la mano con firmeza–. Su cara me resulta familiar… ¿No nos hemos visto antes?

Annie dudó. Seguramente le había servido un aperitivo a aquella mujer o se había hecho cargo de su abrigo para colgarlo. Pero no podía estar segura.

–Quizá.

–Vamos a tomar una copa. Pronto darán comienzo los festejos que ha preparado Henry, pero antes hay que achispar un poco a los invitados.

–Feliz aniversario, Jessica –le dijo Sinclair. Volvió a agarrar a Annie del brazo y la condujo por un sendero iluminado con faroles hacia la parte trasera de la casa. La música flotaba en el aire y se mezclaba con las risas corteses–. Es una vieja amiga de mi madre –le explicó a Annie cuando se hubieron alejado lo suficiente.

–Gracias por no presentarme como tu ama de llaves. Aunque, la verdad, no sé por qué debería incomodarme. Al fin y al cabo es lo que soy.

–Hoy no has venido como mi ama de llaves. Has venido como mi acompañante –le lanzó una mirada severa.

El brazo de Sinclair se entrelazaba firmemente con el suyo, como si se hiciera cargo de la situación. A Annie le pareció bien. Sabía que Sinclair jamás intentaría aprovecharse de ella.

Lo cual era una lástima…

Un camarero se acercó a ellos con una bandeja de champán. Sinclair agarró una copa y se la tendió a Annie. El frío cristal contrastaba con el calor que desprendía la piel de Annie. La gente los rodeaba en la enorme terraza iluminada por los faroles colgantes, pero más allá el jardín estaba envuelto en la oscuridad de la noche. Un grupo de música interpretaba un tema de jazz desde alguna parte, creando un ambiente de expectación.

Annie tomó un sorbo de champán y las burbujas le hicieron cosquillas en la lengua. Sinclair tomó un trago más largo de su copa. La suave iluminación proyectaba sombras danzarinas en sus duros rasgos y sus ojos brillaban con luz propia, insondables, mientras la observaban fijamente.

–Nunca había visto a una mujer más radiante que tú, Annie –se lo dijo en un tono serio y tranquilo, sin el menor asomo de burla o exageración.

El corpiño le constriñó dolorosamente el pecho.

–Yo tampoco creo haber visto a un hombre más apuesto y atractivo –le respondió, intentando quitarle importancia al halago.

Pero Sinclair no pareció haberla oído siquiera.

–¿Por qué escondes siempre tu belleza?

–Yo no escondo nada. Me ves todos los días y sabes que no llevo ninguna máscara. Esta no soy yo. Es el disfraz que Vicki me ha puesto para el baile.

Sinclair tomó otro sorbo de champán.

–Cierto… De hecho, me pareces más hermosa cuando no vas vestida como una princesa.

A Annie se le formó un nudo en la garganta.

–Es muy estimulante ver a alguien que no teme ser como es y que no intenta realzar su belleza natural.

–Me gusta la auténtica Annie.

–Tu madre no creía que me fuesen a quedar bien estos vestidos. Creo que la opinión general es que mi aspecto habitual oculta mi figura.

–Bueno… siempre es bueno dejar algo a la imaginación –dijo él con una pequeña sonrisa–. Y que haya sorpresas por descubrir.

¿Estaba coqueteando con ella?

–Creo que ya has descubierto casi todas mis sorpresas.

Listo. Ya lo había dicho.

–Lo dudo… –Sinclair le sostuvo la mirada, hirviéndole la sangre–. Más bien creo que solo he arañado la superficie.

El silencio se llenó de tensión y promesa. Annie

apenas podía respirar. Con mucho gusto emprendería otro viaje a lo desconocido de la mano de Sinclair, pero solo si eran consecuentes con sus actos. No estaba segura de poder sobrellevar más disimulos. Por otro lado, si ambos lo deseaban por igual...

Bebió un poco de champán y volvió a sentir las cosquillas en la lengua.

–¿Qué clase de actividades han planeado para esta noche?

–¿Estás nerviosa? –le preguntó él con un brillo de regocijo en los ojos.

–Un poco. Sobre todo porque quieren que estemos medio ebrios antes de empezar. Suena a algo bastante arriesgado...

–Te prometo que yo te protegeré –levantó su copa y bebió, antes de mirarla por encima del borde.

El aire que los rodeaba se llenó de una clara y vibrante sensación de peligro.

–Es muy posible que seas tú de quien necesite protegerme. Recuerda el poco estímulo que necesitamos la otra vez...

La mirada de Sinclair se oscureció ligeramente.

–Es verdad. Esta noche seré todo un caballero, cueste lo que cueste.

–Qué lástima –no quería hacerle pensar que no tenía interés. Ya estaba viviendo en una especie de sueño, así que... ¿por qué no seguir hasta que despertara? Tal vez el champán la estaba empujando a cometer una temeridad.

–Si no quieres que sea un caballero, quizá podamos arreglarlo.

–Estupendo. Me gustaría más un apuesto libertino –decididamente ya era un cortejo.

–¿Ah, sí? En tal caso, vamos a buscarte más champán para que pueda aprovecharme de ti –le hizo un gesto a un camarero, quien rápidamente se acercó con la bandeja. ¿Cómo era posible, se preguntó Annie, que ya se hubiera tomado más de media copa?

–Sinclair, ¿dónde te habías metido? Llevo esperándote toda la noche –una mujer alta y morena apareció de repente junto a él–. Tu madre me dijo que estabas pasando el verano en el pueblo... Espero que tengas tiempo para salir a navegar.

–Dara, te presento a Annie. Annie, Dara.

Annie extendió la mano para que al menos una de ellas no pudiera ser acusada de descortesía. Dara apenas le había dedicado una breve mirada y le estrechó la mano con evidente desagrado. Por suerte, Annie no recordaba haberla visto en ninguno de los eventos sociales que se habían celebrado en la mansión Drummond.

–Voy a estar muy ocupado todo el verano. Annie me tiene bien atado –lo dijo muy serio, pero en su voz se advertía una ligera insinuación.

Dara se quedó boquiabierta y miró otra vez a Annie.

–Bueno... si cambias de opinión ya sabes dónde encontrarme –dijo, y se marchó.

–No ha estado mal –comentó Sinclair mientras bebía champán.

–Eres malo.

–Y me encanta serlo. Vamos a bailar.

Sin darle tiempo a responder, le pasó un brazo por la cintura y la llevó hacia el suelo de madera que hacía las veces de pista de baile bajo un elegante dosel en el césped.

Annie dejó que la estrechara en sus brazos al tiempo que la cantante comenzaba una canción muy sensual sobre un corazón roto. Sinclair la rodeó firmemente con un brazo y le agarró la mano con la otra. Empezó a moverse y Annie lo siguió sin esfuerzo. Podía sentir la sonrisa que le iluminaba el rostro mientras Sinclair la hacía girar entre las demás parejas, con su larga falda agitándose alrededor de ella.

La respiración de Annie se aceleró con el ritmo de la música. Los pasos de baile se hicieron más veloces y atrevidos. Las fuertes manos de Sinclair la guiaban y la hacían sentirse vigorosa y flexible.

La cantante le suplicaba a su amante que volviera y la hiciera sentirse completa. Annie se dejó llevar por la ola de emoción que su apasionada voz le transmitía. El corazón le latía in crescendo y Sinclair la apretó con más fuerza contra el pecho.

Sus rostros se acercaron y sus miradas se sostuvieron en un desafío silencioso. Empezó a temblar de emoción. Sinclair tenía que besarla. No podía provocarla de aquel modo y dejarla a medias. Todo el cuerpo le bullía con un deseo ardiente y palpitante…

La canción acabó con una repentina floritura y Annie esperó con una mezcla de agonía y excitación a que los labios de Sinclair se unieran a los suyos.

Capítulo Siete

Pero eso no ocurrió.

Sinclair la apartó, se pasó una mano por el pelo y miró hacia el otro lado de la pista de baile. Annie se quedó completamente rígida y atónita. Todo había cambiado tan repentinamente que se sentía como un pez fuera del agua. Parpadeó unas cuantas veces y dio un paso atrás mientras intentaba recuperar la compostura. Chocó con alguien y tuvo que girarse para pedir disculpas. Al volverse de nuevo hacia Sinclair lo vio mirando a lo lejos con el rostro petrificado.

—¿Qué ocurre?

—Nada. Vamos a tomar el aire.

Ya estaban tomando el aire puesto que se encontraban en el jardín, pero de todos modos echaron a andar por el césped con sendas copas de champán en la mano.

Él no parecía relajado en absoluto. Annie tampoco lo estaba. La escalada de tensión previa al beso que no llegó a darse la habían dejado con la sangre hirviendo y todo el cuerpo agarrotado.

—¿Cuál es tu ambición en la vida, Annie? —le preguntó de repente, clavándole una mirada intensa y penetrante.

–Tener mi propia casa –respondió honestamente.

–¿Por qué no te compras una?

Annie se rio.

–Porque cuestan dinero.

–Ganas un buen sueldo.

–Sí, viviendo en tu casa y ocupándome de ella. Si me mudara no podría hacerlo.

–¿Así que tu trabajo es lo que te impide cumplir tu sueño?

–Claro que no. Estoy ahorrando el dinero para poder comprarla cuando llegue el momento. Para eso todavía falta mucho, así que no tienes de qué preocuparte. Tu casa seguirá estando impoluta –pretendía que sonara como una broma–. Siempre he querido tener mi casa. Quiero tener mi propio espacio donde pueda hacer lo que quiera.

–¿Y ese es tu único objetivo? –al parecer no era suficiente para Sinclair Drummond. Lógico, viendo todo lo que ya había conseguido en la vida.

–También me gustaría asistir a clase por la tarde y aprender a montar un negocio. Quiero ser mi propia jefa y tener una tienda. Ser ama de llaves no abre muchas puertas hoy en día –sonrió–. No es fácil encontrar a alguien que tenga más casas de las que necesite –por un momento le pareció que Sinclair iba a sonreír, pero no lo hizo. Debía de sentirse amargamente decepcionado al oír unas aspiraciones tan mediocres–. ¿Cuál es tu sueño en la vida?

Él dudó un momento antes de responder.

–No lo sé. Antes quería una familia, pero ahora sé que eso no es para mí.

–¿Cómo lo sabes? No lo has intentado.

–Para tener una familia hay que casarse, y mis dos intentos en esa dirección han demostrado que no soy un buen marido.

–Quizá ellas no eran buenas esposas.

–Para mí no, desde luego. No volveré a cometer el mismo error.

–Es una pena. Eres demasiado joven para abjurar de las relaciones de por vida. Además, te puedes permitir unos cuantos divorcios más –la broma no surtió efecto y Sinclair siguió con expresión abatida–. No quiero decir que tengas que pasar por otro.

–Te garantizo que no lo haré, ya que no tengo intención de volver a casarme –apuró la copa de champán y perdió la vista a lo lejos, sobre las oscuras aguas del lago–. Deberías casarte.

–¿Qué? ¿Por qué? –el comentario de Sinclair la descolocaba por completo.

–Eres una persona responsable y considerada. Serías una buena madre. Quien te tenga como pareja será muy afortunado –la miró un momento y volvió a desviar la mirada, como si algo en el negro horizonte le llamara la atención.

–Dicho así, parezco bastante sosa y aburrida –bromeó ella–. No la clase de mujer que frecuenta fiestas y bailes con un vestido de época.

–Al contrario. Eres la clase de persona capaz de iluminar la noche por si sola –la recorrió lentamente con la mirada, hasta posarla en los labios. Annie los frunció involuntariamente, todavía deseando el beso que no se habían dado.

–¿Por qué no quieres volver a casarte? –le preguntó para distraerse. Tenía que dejar de pensar en los labios de Sinclair.

–¿No es evidente?

–¿Por el fracaso de tus matrimonios anteriores? No me parece una razón suficiente… A lo mejor necesitas averiguar qué falló exactamente. ¿Te lo has planteado alguna vez?

–Es muy fácil. Queríamos cosas diferentes. Mi primera mujer, Muffy… –vaciló un instante–. Estudiamos juntos en la universidad y lo hacíamos todo juntos. Nos casamos el verano después de graduarnos y nuestras respectivas familias estaban encantadas. Nos compramos una bonita casa en Connecticut y yo creía que seríamos felices para siempre. Luego, ella decidió que quería doctorarse en Lenguas Modernas en Yale. Después quiso ser profesora y posteriormente trabajar en una universidad de Perú. Para entonces ya nos habíamos dado cuenta de que no buscábamos las mismas cosas y decidimos seguir cada uno por nuestro lado. Actualmente imparte clases en una universidad de Argentina. Parece que se transformó en una persona completamente distinta tras casarse conmigo.

–¿Nunca consideraste la posibilidad de irte con ella?

–No. Aquí tengo mi vida y mi trabajo. No quiero pasarme el tiempo viajando por el mundo. En aquel momento decidí que nunca tendría nada serio con alguien que no tuviera las ideas claras desde un principio. Una de las cosas que me gustaban de

Diana era que tenía su empresa de relaciones públicas y sabía muy bien lo que quería. Estaba convencido de que no lo tiraría todo por la borda para ingresar en un monasterio del Tíbet –sonrió con ironía–. Y fue precisamente así como empezaron nuestros problemas.

–¿Ingresó en un monasterio? –preguntó Annie con los ojos muy abiertos.

–No. Su vida era tan plena que no quedaba espacio para mí. Yo no quería emplear todos los fines de semana en viajar por el país para asistir a las bodas y las fiestas de sus amigos y clientes. No hacerlo significaba no ver a mi esposa. Pero estaba tan empeñado en que lo nuestro funcionara que le permití ocuparse de sus asuntos mientras yo me ocupaba de los míos –frunció el ceño–. Pero Diana conoció a otro…

–Vaya –dijo Annie, aunque ya sabía que el segundo divorcio de Sinclair se debió a la infidelidad de su esposa–. Lo siento.

–De modo que ya ves, soy demasiado rígido e intransigente. No quería vivir sus vidas y ellas no querían vivir la mía. Parece que necesito más un ama de llaves que una esposa.

–Tienes suerte de tener ya una –tomó un sorbo de champán y arqueó una ceja–. Y además viene con beneficios adicionales…

La cara de espanto que puso Sinclair la hizo arrepentirse de la broma. Pero su expresión se relajó enseguida y la miró de un modo que le provocó un vuelco en el estómago.

–Eres un hombre muy especial... y necesitas un ama de llaves muy especial –o bien había bebido más de la cuenta o bien era el vestido lo que le desataba la lengua.

–¿Qué estáis haciendo los dos ahí solos? –los llamó una voz desde lejos–. Volved a la civilización a tomar ostras.

–Ostras –dijo Sinclair, riendo–. Justo lo que necesitamos. ¿Acaso necesitamos tú y yo un afrodisíaco? Dicen que las ostras son afrodisíacas.

El deseo vibraba entre ellos como una poderosa corriente eléctrica, y Sinclair acababa de admitir que también podía sentirlo...

–Nunca he probado las ostras.

–¿Nunca? Pues vamos a ponerse remedio ahora mismo –le ofreció el brazo en un gesto formal y al mismo tiempo deliciosamente íntimo. Annie lo aceptó.

Las parejas se paseaban por el jardín y la terraza, riendo y agarrados del brazo. Todo el mundo había acudido emparejado a la fiesta, precisamente se trataba de eso. Por todo el césped había dispuestas mesas para dos, cada una provista de cubiertos para las ostras y un cubo con hielo y champán. Sinclair apartó una silla, elegantemente decorada con cintas, y Annie se recogió la falda para sentarse. Sinclair sirvió el champán en las copas. Las ostras abiertas reflejaban la luz de la luna en sus valvas de nácar. Sinclair agarró una y vertió en ella un poco de salsa.

–Abre la boca.

Annie obedeció y el estómago se le contrajo ligeramente. Sorbió suavemente y el fresco sabor marino de la ostra se mezcló en su lengua con la salsa picante.

–Traga.

Así lo hizo, y parpadeó unas cuantas veces por la extraña sensación que le producía la ingestión de la ostra.

–Es… distinto.

Sinclair sonrió.

–Ahora dame una a mí.

–Eso sería excederse en mis labores como ama de llaves –le lanzó una mirada insinuante.

–Esta noche no eres mi ama de llaves. Pero de todos modos dame una ostra.

Annie lo complació. Roció la ostra con un chorro de limón. Se la ofreció a Sinclair y él abrió la boca con una sonrisa para que se la introdujera. Los dedos le temblaron, pero consiguió mantener la mano firme mientras él sorbía y tragaba.

–Deliciosa…

La satisfacción que reflejaba su rostro sugería que no solo se refería a la ostra, y el estómago de Annie respondió con una ligera sacudida. ¿Sería aquel el efecto afrodisíaco de las ostras?

–Te toca –el champán permanecía intacto mientras se daban de comer el uno al otro. Finalmente, Sinclair le agarró los dedos que sostenían la ostra y los besó, provocándole un fuerte hormigueo por todo el brazo–. Esta noche estás radiante.

Sinclair se inclinó hacia delante.

Annie se estremeció en la silla. Aquello sonaba como una especie de declaración.

Sinclair agarró las dos copas y le ofreció una.

–Por la perfección. Que reine por mucho tiempo en el castillo Drummond.

Ella sonrió y brindó, antes de tomar un sorbo. El champán contrastaba agradablemente con el sabor salado de la ostra.

–El castillo Drummond… Me gusta. La mansión no tiene nombre, ¿verdad?

–Siempre la hemos llamado Dog Harbor, como el pueblo. Pero debería tener un nombre propio, después de trescientos años.

–Sobre todo al ser una construcción de madera. Esas vigas del desván son impresionantes. La casa se construyó para resistir el paso del tiempo… ¿Crees que el fragmento de la copa está ahí arriba?

–Podría ser –repuso él–. Es una pieza sin valor ni utilidad, por lo que no tendría sentido que la hubiesen vendido. A menos que alguien se deshiciera de ella, debe de estar en alguna parte.

Le dio otra ostra y Annie tembló ligeramente al sentir la carne fresca y acuosa deslizándose por su garganta. La tierna expresión de Sinclair hacía que el gesto fuese deliciosamente íntimo y protector, como si...

Un camarero se acercó con una botella de vino vacía y una amplia sonrisa. Annie y Sinclair lo miraron con curiosidad. El camarero extrajo dos hojas de papel y dos bolígrafos dorados.

–Están invitados a escribirse un mensaje el uno

al otro. Preferiblemente algo que no se atreverían a decir en voz alta. Pueden compartir el mensaje antes de meterlo en la botella… o no. Todas las botellas serán arrojadas al mar para que sus mensajes viajen alrededor del mundo.

Annie se quedó pensativa. ¿Qué cosa no se atrevería jamás a decir en voz alta?

«Estoy loca por ti».

Sinclair miraba su hoja con el ceño fruncido.

–Vamos a escribir algo y a meterlo en la botella sin enseñárnoslo –propuso.

–De acuerdo –aceptó Annie, muy nerviosa. Agarró su bolígrafo y lo mordisqueó pensativamente.

Una rápida mirada a su alrededor reveló que el resto de invitados estaban escribiendo o metiendo ya los papelitos en la botella.

–¿Y si nuestra botella acaba en una isla perdida del Pacífico y le da a un náufrago solitario las fuerzas para sobrevivir un mes más?

–Está visto que tienes una imaginación más romántica que la mía –Sinclair había enrollado el papel y lo sostenía entre los dedos–. Siento curiosidad por saber lo que has escrito.

–Quizá algún día te lo diga –su intensa mirada avivó el calor que la abrasaba por dentro.

«Sinclair, creo que eres un hombre maravilloso que merece vivir feliz para siempre (preferiblemente conmigo)». Las últimas palabras las escribió con una letra tan diminuta que nadie podría leerlas sin una lupa. «P. D. Te quiero».

Enrolló el mensaje y lo introdujo rápidamente

en el cuello de la botella antes de que alguien pudiera arrebatárselo. Las manos le temblaban por la emoción de haber escrito lo que quería y no lo que hubiera sido más sensato.

Sinclair metió su mensaje en la botella y la cerró con el corcho. El camarero volvió a aparecer y les pidió que lo siguieran. Annie y Sinclair se unieron a las otras parejas que caminaban hacia la orilla. La luna proyectaba un mágico resplandor plateado sobre el paisaje, el césped era como una extensa e impecable alfombra y la arena de la playa destellaba como un manto de diamantes. Protegido del Atlántico por Long Island, el brazo de mar rielaba como un tranquilo estanque de mercurio. Tras ellos, la casa se asemejaba a un palacio de cuento, con sus numerosas ventanas encendidas y las terrazas engalanadas con faroles.

Al acercarse a la orilla Annie vio una hilera de barcas alineadas a lo largo de un muelle de madera. Parecían góndolas venecianas, meciéndose suavemente en las tranquilas aguas. Unos barqueros vestidos de brocado negro ayudaron a las parejas a subir a las barcas y les entregaron los remos a los hombres, para luego indicarles una pequeña isla boscosa.

–¿Se supone que tenemos que remar a oscuras? –cada góndola tenía un farol de hierro forjado colgado de la popa.

–Será una aventura –la voz de Sinclair, grave y varonil, removió algo en el interior de Annie. La agarró de la mano y a ella se le aceleró frenéticamente el pulso mientras caminaban por el muelle entre las risas y los gritos de los otros remeros. Sinclair y el personal la ayudaron a subir al bote y la sentaron en un asiento sorprendentemente cómodo, mientras Sinclair ocupaba su sitio entre los remos.

—Pueden atracar en la isla Peacock para tomar un refrigerio —un hombre elegantemente vestido señaló el bosquecillo iluminado por faroles, apenas visible en la noche.

Sinclair alejó la barca del muelle con poderosas paladas. Muy pronto se colocó en primer lugar y puso rumbo a la silenciosa oscuridad del estrecho. En la proa había un cubo con otra botella de champán, pero Annie no quiso ni probarlo. Una copa más y podría hacer algo de lo que más tarde se arrepintiera.

—La isla está ahí —dijo cuando Sinclair no hizo ademán de virar hacia la orilla.

—Lo sé. Vamos a otro sitio.

Capítulo Ocho

Sinclair agradeció la oportunidad de ejercitar los músculos al empujar los remos en el agua. La tensión entre Annie y él había aumentado hasta el punto de ser una auténtica tortura.

Annie contemplaba la costa desde la barca, con sus bonitos rasgos iluminados por los rayos de luna. A Sinclair le encantaba su rostro. Sus ojos brillantes, su encantadora nariz salpicada de pecas, sus labios siempre sonrientes… Incluso con aquel extravagante vestido y elaborado maquillaje seguía pareciendo inocente y natural.

¿Sería aquella candidez lo que tanto lo atraía de ella? Ta vez había acabado tan escarmentado de las mujeres agresivas y vigorosas que la apacible belleza y dulzura de Annie le resultaban irresistibles.

Y luego estaba su cuerpo… La voluminosa falda no le había hecho olvidar sus piernas, hermosamente torneadas. El corpiño le abultaba los pechos, pequeños y turgentes.

¿De verdad sería buena idea llevarla a un muelle privado, lejos de todas las miradas? Con toda seguridad, no. Pero de todos modos siguió remando.

–Me encanta este silencio –dijo ella, girándose hacia él–. Y alejarme de las luces de la costa… Se pueden ver las estrellas —levantó la mirada hacia el cielo y la luna le bañó el rostro.

Sinclair también miró hacia arriba y se maravilló al ver los millones de estrellas que llenaban el cielo nocturno.

—Hacía años que no miraba las estrellas.

La risa de Annie le llegó al corazón.

—Han estado ahí todo el tiempo, esperando a que las recordaras.

—Supongo que me he olvidado de muchas cosas… Dicen que te haces más sabio con los años, pero yo no estoy tan seguro.

—Aún no somos tan viejos como para ser sabios. Antes tienes que pasar por muchas otras fases, como esa en la que ves tus sueños y esperanzas por los suelos y te invade el pánico.

—¿A qué le tienes miedo?

Ella se encogió de hombros.

—La vida no es como me gustaría. Creo que ambos estamos en esa fase donde empiezas a darte cuenta de que, para muchas cosas, es ahora o nunca.

—Me recuerdas a mi madre. Ella cree que si no tengo hijos en un futuro inmediato los Drummond desaparecerán para siempre de la faz de la tierra.

—¿Y tú, a qué tienes miedo? —le clavó su intensa mirada azul, exigiéndole la verdad.

—Al fracaso —respondió él con toda sinceridad—. He triunfado en mis negocios, pero he fracaso en lo que más importa.

—Quieres tener una familia y te preocupa no tenerla nunca.

–A estas alturas ya estoy convencido de que nunca la tendré –era muy fácil hablar con Annie–. Ya lo he intentado dos veces y sé cuándo reconocer mi fracaso. Si mis perspectivas matrimoniales fueran una empresa que cotizara en Bolsa vendería mis acciones sin dudarlo –sonrió–. ¿Tú no?

–No –vaciló un instante–. Pero sí que buscaría la manera de levantar el negocio y aumentar las posibilidades de éxito. Con un nuevo enfoque de gestión, tal vez, eligiendo con más cuidado a los directivos.

Sinclair se echó a reír.

–¿Quieres decir que necesito tener mejor gusto con las mujeres?

Ella volvió a encogerse de hombros.

–Al menos merecería la pena intentarlo.

¿Sería Annie la mujer adecuada para él? Nadie en su sano juicio animaría a un hombre de su posición a buscar el amor con un ama de llaves sin estudios. Pero Annie era mucho más que eso. Su falta de títulos académicos quedaba sobradamente compensada con un interés innato por aprender y progresar en la vida. Los anteriores matrimonios de Sinclair le habían demostrado que una compañera con titulación universitaria y ambiciones desmedidas no siempre era la mejor elección para ser feliz.

–¿Adónde vamos?

La pregunta de Annie lo sobresaltó.

–No lo sé. Solo sé que disfruto enormemente de tu compañía y que eres la mujer más hermosa y encantadora que he conocido.

Annie se quedó callada un momento y soltó una ligera risita.

—Agradezco tu franca respuesta, pero lo que quería decir era adónde vamos ahora. Ya no se ven las luces de la fiesta.

—Tranquila. Conozco el estrecho como la palma de mi mano. O mejor, incluso. ¿Quién conoce realmente la palma de su mano?

—Muchas personas se pondrían nerviosas si estuvieran navegando de noche a la deriva.

—¿Estás nerviosa?

—Un poco.

Sinclair quiso tocarla para tranquilizarla, pero no podía soltar los remos.

—Vamos a un muelle privado de un amigo mío, donde tengo amarrado un barco. Está detrás del próximo cabo.

Poco después llegaron a una costa arbolada y Sinclair introdujo la barca en la cala, donde unos amplios escalones de piedra subían desde el agua hasta el césped de la mansión victoriana de su amigo. La casa estaba envuelta en la oscuridad, pero la luna iluminaba los balcones de piedra. Sinclair amarró la barca a una argolla de hierro y ayudó a Annie a dar un pequeño salto para salir.

—Me siento como si hubiéramos llegado al Taj Mahal —dijo ella, mirando alrededor.

—Creo que esa era la intención del arquitecto. El tatarabuelo de mi amigo importaba té de la India y quiso recrear los pabellones de Assam aquí, en Long Island —la condujo bajo un arco de piedra hacia una hilera de asientos en un lado de la terraza–. Aquí estaremos más cómodos que en la barca –la ayudó a sentarse sobre los mullidos cojines.

–Me preocupa que me hayas traído aquí para aprovecharte de mí –bromeó ella.

–Te he traído aquí para que pudiéramos estar solos, lo cual no es posible ni en mi propia casa. Ningún hombre podría resistir la tentación de estar a solas contigo –la recorrió con una mirada cargada de deseo. Todo en ella era hermoso.

–Como mujer, he de admitir que me cuesta reprimir mis instintos básicos –sus ojos brillaron con una sonrisa maliciosa.

–No seré yo quien te anime a reprimir tus instintos. Creo que sería mucho más saludable complacerlos.

–Entonces, ¿crees que debería ceder al impulso de aflojarte la pajarita?

–No sé si es buena idea… Pero solo hay un modo de averiguarlo.

Todo el cuerpo se le tensó cuando Annie alargó una mano y tiró de un extremo de la pajarita de seda. Podía oler la suave fragancia de su piel.

Sus dedos le acariciaron la piel mientras le desabotonaba el cuello, desatándole una ola de deseo por todo el cuerpo. No, no era una buena idea. La primera vez que se acostó con ella se arrepintió amargamente de haberlo hecho. Fue fantástico retozar con ella en la cama, pero al acabar se apoderó de él un profundo y angustioso remordimiento.

¿Por qué?

En aquellos momentos no se le ocurría ninguna razón por la que no debiera intimar con Annie. Los dos eran adultos. Él no la estaba obligando a nada, y ella parecía disfrutar tanto o más que él.

Casi sin darse cuenta, sus labios se fueron acercando lentamente. Y cuando se unieron fue como si dos tormentas se encontraran sobre un océano embravecido. Una explosión de rayos, relámpagos y centellas se desató en su interior. Sus manos actuaron por voluntad propia y sujetaron con fuerza el rostro de Annie para pegarla a su boca. Ella le quemó la piel con su aliento abrasador y movió frenéticamente los dedos por su pelo, su cuello y sobre su camisa. Antes de que él pudiera detenerse le había desabrochado los botones de la espalda del vestido y había deslizado los dedos en el interior. Esperaba encontrarse con un corsé de época, pero solo tocó la piel suave y desnuda.

—¿No llevas nada debajo del vestido?

—Tendrás que investigar un poco para descubrirlo.

La invitación fue como un soplo de aire sobre el fuego que lo consumía. Al desabrochar los botones había aflojado el corpiño, suavizando considerablemente la presión sobre los pechos.

Annie no mostró el menor recato al desnudarlo. Le quitó la chaqueta y le desabrochó la camisa con tanto empeño y concentración que casi lo hizo reír.

—Debes de tener mucho calor después de remar tanto… —le murmuró como excusa, pero la forma con que se lamió los labios insinuaba un motivo mucho más sugerente.

Sinclair ya estaba tan duro como las piedras del embarcadero. Ciertamente tenía calor, pero no por el esfuerzo físico, sino por el acuciante deseo de traspasar, una vez más, la coraza de Annie y descubrir a la mujer salvaje y apasionada que se ocultaba bajo su recatada fachada.

Ella le sacó la camisa del pantalón, se la quitó con un ostentoso ademán y expuso su pecho y sus brazos a la agradable brisa nocturna.

–¿Mejor?

–Desde luego –respondió él, besándola con delicadeza–. Sobre todo porque ahora puedo hacer esto… –tiró de ella hasta aplastarle los pechos contra los recios músculos de su torso. Los endurecidos pezones se le clavaron en la piel.

Se besaron con pasión, piel contra piel, rodeados por el susurro de los árboles y el murmullo del suave oleaje lamiendo el muelle. Por segunda vez, se sintió invadido por una placentera sensación de paz. El beso sabía a miel, frutas y champán. ¿Por qué se sentía así solamente con Annie? No recordaba haber disfrutado tanto de la compañía de una mujer.

Interrumpió el beso y dejó que la brisa nocturna le enfriara la boca antes de descender hacia los pechos de Annie. Su piel relucía bajo la luna y le confería el aspecto de una estatua de mármol semidesnuda. Le lamió los pezones y se regodeó con el gemido de placer que brotó de sus labios. Los dedos de Annie se desplazaban por los músculos de su espalda y brazos, prendiendo chispas a su paso y aumentando la tensión corporal como un torrente de agua tras una presa.

Y cuando Annie le deslizó las manos en el interior del pantalón, su cuerpo respondió con un fuerte estremecimiento.

–Quiero hacerte el amor.

–Y yo quiero que me lo hagas –le respondió ella al oído–. Otra vez.

Sinclair cerró los ojos mientras los recuerdos de su primera unión se mezclaban con las sensaciones del momento. Le desabrochó los últimos botones del vestido y la prenda cayó a los pies de Annie, dejándola únicamente con unas braguitas color carne. Parecía totalmente desinhibida en la terraza de piedra, exhibiendo su gloriosa belleza y sus apetitosas curvas realzadas por el resplandor plateado de la luna. Sinclair podría quedarse contemplándola durante horas.

Pero ella no iba a permitírselo. Le desabrochó el cinturón con impaciencia y pronto también él estuvo desnudo a la luz de la luna.

–¿Seguro que estamos solos? –le preguntó, mirando por encima del hombro hacia los árboles.

–Puede que haya un ejército de admiradores acechando desde las sombras, pero guardarán nuestros secretos…

La sonrisa de Annie se desvaneció y su expresión se tornó grave y apenada.

–¿Esto va a ser otro secreto?

Sinclair se sintió culpable por la forma en que la había tratado después de su primera e imprudente aventura, pero aún tenía muy reciente su divorcio y sus emociones eran un caos. No sabía lo que quería ni cómo lo quería, y por ello su primer y único impulso había sido salir corriendo.

Y tras mucho correr había vuelto de nuevo con ella…

–Solo si tú quieres que lo sea.

Ella lo miró con sus ojos honestos y brillantes.

–No me gustan los secretos.

–A mí tampoco.

La sonrisa volvió al rostro de Annie. La excitación de Sinclair aumentó y le puso las manos en la cintura para apretarla suavemente contra él. La erección quedó pegada a su vientre y palpitó con impaciencia por encontrar un lugar más íntimo y acogedor. El cuerpo de Annie era una invitación al pecado, y Sinclair se sentía el hombre más afortunado de la tierra.

Salvo por un pequeño detalle…

–No es el mejor momento para decirlo, pero… no tengo ningún preservativo a mano.

–Mejor decirlo ahora que después –le sonrió y adoptó una pose aún más sensual–. Tranquilo. Sigo usando un método anticonceptivo.

«Gracias a Dios». Ni un chapuzón en las frías aguas del estrecho podría sofocar su estado actual.

–La verdad es que no me sorprende. Siempre estás preparada para todo.

Se tumbaron en el amplio sofá, él encima de ella, y un segundo después habían fundido los dos cuerpos en uno. Se movían al mismo ritmo, perfectamente sincronizados, y los gemidos de Annie eran como una música celestial que lo colmaban de gozo. Le encantaba sentir su boca, su calor, sus manos recorriéndole el cuerpo y sus uñas clavándosele en la espalda. Cambiaron de postura y Annie se sentó a horcajadas sobre él para llevarlo a cotas más altas de agónico placer. Y justo cuando pensaba que no podría aguantar más, ella se retiró con una pícara sonrisa y volvió a colocarse bajo él.

Sinclair consiguió girarse sin salirse de ella. Todos sus músculos, nervios y células palpitaban con frenética intensidad. Una parte de él ansiaba llegar al clímax y acabar con aquella deliciosa tortura, pero otra parte quería seguir así para siempre, los dos suspendidos en una mágica burbuja de placer y felicidad.

¿Se arrepentirían a la mañana siguiente, cuando hubieran pasado los efectos del champán y la luna hubiese dejado su lugar a un sol implacable y cegador?

—No me arrepentiré de esto —dijo ella de repente, como si le estuviera leyendo el pensamiento.

—Yo tampoco.

—Pase lo que pase, siempre tendremos este momento —lo rodeó con las piernas y con los brazos y lo sujetó con fuerza–. Y jamás lo olvidaré.

Fueran una amenaza o una promesa, sus palabras transportaron a Sinclair al reino de la dicha, donde todas las preocupaciones terrenales se desvanecían y solo existía el momento presente. Compartieron un orgasmo poderoso.

Jadeando, resollando y resoplando, descendieron de nuevo a la realidad. Annie resplandecía con luz propia. Los ojos, la piel y toda ella irradiaban regocijo y felicidad. Y él tenía el poder de aumentar esa felicidad… o destruirla.

Una sombra le oscureció el corazón. No sabía cómo hacer feliz a una mujer por mucho tiempo. La boda y la luna de miel podían ser maravillosas, pero luego llegaba el inevitable fracaso.

Aunque tal vez con Annie pudiera ser diferente…

Dio un respingo involuntario. ¿De verdad estaba pensando en iniciar una nueva relación cuando apenas había dejado atrás el fracaso de su segundo matrimonio? Y si no era así, ¿qué demonios hacía con aquella hermosa mujer entre sus brazos?

—¿Qué ocurre? —le preguntó ella, preocupada al sentir su inquietud.

—No estoy acostumbrado a disfrutar del presente…

Ella le acarició la mejilla, muy seria. Parecía aceptar en silencio sus dudas y preocupaciones.

—Normalmente vivo en el futuro. Vivo el presente lavando lechugas y haciendo las camas, pero mi mente va por delante. Siempre estoy imaginando una vida distinta.

Sinclair frunció el ceño.

—Tú sueñas con el futuro… Yo me arrepiento del pasado.

—No hay futuro para nosotros, ¿verdad? —lo dijo animadamente, pero no pudo ocultar la tristeza de su voz.

–Supongo que tendremos que aprender a vivir el presente de ahora en adelante –una llama de esperanza, o quizá de deseo, prendió en su interior. Besó vorazmente a Annie y ella respondió con la misma pasión. Cuando se separaron Sinclair estaba sin aliento y ligeramente mareado.

–Odio ser tan previsora como siempre, pero si no volvemos a la fiesta el chófer se preguntará qué ha sido de nosotros –dijo Annie.

Se vistieron de mala gana y volvieron rápidamente a la barca. El regreso pareció llevarles menos tiempo que la ida. Tenía el inquietante presentimiento de que todo sería diferente en cuanto regresaran a sus vidas cotidianas.

Al llegar a casa, Annie entró rápidamente en su habitación.

Sinclair le había regalado la velada más maravillosa de toda su vida. Desde que la aceptó como pareja para el baile la había tratado como a una verdadera princesa, y Annie se sentía cada vez más enamorada de él.

Sonrió al encontrarse una nota de Katherine sobre la almohada: «¡Ni se te ocurra levantarte antes del mediodía!».

Dejó el papel en la mesilla y se deslizó bajo las sábanas con un suspiro de satisfacción. Sinclair había desatado algo salvaje en su interior y la hacía soñar con un futuro que siempre se le había antojado inalcanzable. ¿Se lo dirían a todos al día siguiente?

Capítulo Nueve

Annie estuvo a punto de seguir la nota de Katherine al pie de la letra. Había programado el despertador para las siete, pero no recordaba haberlo apagado cuando volvió a despertarse cerca de las once y media.

Se incorporó bruscamente en la cama. ¿De verdad había hecho el amor con Sinclair la noche anterior? Últimamente le resultaba cada vez más difícil separar los sueños de la realidad.

Se le escapó un gemido al recordar las íntimas y románticas conversaciones que habían tenido después del sexo. Muy apropiadas para mantenerlas a la luz de la luna, pero bajo el sol implacable parecían absurdas.

«No me arrepentiré de esto». Lo había dicho completamente convencida, pero al apoyar los pies en el frío suelo de madera no estaba tan segura.

Se duchó y vistió rápidamente, preguntándose qué habrían desayunado los demás. Al menos podría refugiarse en la cocina un buen rato con la excusa de preparar la comida. Salió de la habitación y recorrió el pasillo con el corazón latiéndole fuertemente.

—Otra vez con tu uniforme de siempre –la voz de

Vicki le hizo dar un respingo. Se giró y la vio caminando hacia ella con un periódico en la mano–. ¿Qué dirían los editores de *Women's Wear* si te vieran?

–Dudo que tuvieran algo que decir al respecto –intentó adoptar un tono despreocupado y cortés. *Women's Wear Daily* era uno de los periódicos que llenaban el buzón desde la llegada de Vicki.

–Te equivocas –Vicki pasó junto a ella y extendió el periódico en la mesa de la cocina.

Annie se quedó de piedra al ver las tres grandes fotos que la mostraban en el baile de la noche anterior.

–¿Pero qué…? –leyó el titular con los ojos entornados: «La mujer misteriosa del misterioso vestido»–. ¿Por qué han publicado esto?

–Porque anoche todo el mundo hablaba de ti –Vicki se cruzó de brazos con expresión triunfal–. Y parece que Sinclair y tú os perdisteis la cena…

¿La cena? Ni siquiera se había percatado de ello. Habían pasado directamente de las ostras a…

–Es un periódico sobre moda femenina –explicó Vicki–. Les interesa más quién diseñó tu vestido que quién lo llevara puesto.

–Fuera quien fuera, lleva muerto mucho tiempo –Annie observó de cerca las fotos. En una aparecía bailando con Sinclair. Otra los mostraba caminando por la terraza. Y en la tercera Sinclair le rodeaba la cintura con el brazo.

–Pero eso no lo saben. Creen que su diseñador puede ser el próximo Balenciaga –soltó una sonora carcajada–. ¡Hacía mucho que no me divertía tanto!

–¿Dónde está Sinclair?

–Se ha pasado casi toda la mañana al teléfono. Cosas del trabajo, supongo. Es peor que un viejo cascarrabias, pero parece que anoche se divirtió mucho contigo. En esta foto se le ve radiante…

Annie ahogó un gemido al ver la foto de cerca. Era un primer plano de los dos bailando. Ella le rodeaba los brazos con los hombros y él la miraba con una expresión… de puro embelesamiento.

–La verdad es que lo pasamos bien –dijo en un tono tan apagado que sonó a disculpa.

–Ya lo veo –Vicki agarró un vaso del estante y lo llenó con agua del frigorífico –. Justo lo que yo pretendía.

–Tu dolor de cabeza era fingido, ¿verdad?

Vicki se echó a reír.

–Pues claro que no. Las jaquecas me tienen frita, puedes creerme. Tenías que ir a ese baile, jovencita. Y yo me lo pasé muy bien blandiendo mi varita mágica para transformarte en una princesa –parecía tan sincera y satisfecha que a Annie casi empezó a gustarle–. Y esto no acaba aquí… Seguro que también apareces en el *Page Six*. Vas a ser el tema favorito de todo Nueva York.

Annie estaba anonadada. ¿Cómo reaccionaría Sinclair a todo aquello? Siempre hacía lo posible por mantenerse en un plano discreto, a pesar de su fama y la de sus amistades. No le haría ninguna gracia ver aquellas imágenes en la prensa.

–Sinclair se llevará un disgusto.

–¿Y qué? Se merece disfrutar de la vida, y creo que los dos hacéis una pareja adorable –puso el dedo sobre la foto de ellos bailando–. No me digas que no es romántico.

A Annie se le encogió el corazón al verse a ella y a Sinclair dando vueltas en la pista de baile, mirándose fijamente el uno al otro como si no existiera nadie más y la música solo estuviera sonando para ellos.

–Espero que no se moleste –se dio cuenta de que se estaba mordiendo la uña–. Creo que los dos nos dejamos llevar por el ambiente de la velada.

–Perfecto. Sinclair necesita dejarse llevar más a menudo. Me aseguraré de que su madre y yo salgamos esta noche y regresemos tarde –le lanzó una mirada de complicidad a Annie y salió de la cocina.

Annie cerró rápidamente el periódico y lo escondió en la despensa. No quería que nadie, y menos Sinclair, entrase y creyera que había estado regodeándose con las fotos.

Unas pesadas pisadas en la escalera la hicieron temblar mientras cortaba el pollo para la ensalada. Vicki y Katherine se movían como gacelas, por lo que solo podía tratarse de una persona. Con el corazón desbocado, se secó las manos y se metió un mechón suelto en el recogido.

La noche anterior había sido mágica. Un sueño hecho realidad. ¿Qué pasaría en cuanto se vieran? Annie sintió tanto calor que empezó a quitarse el suéter, y justo en ese momento apareció Sinclair en la puerta. ¿Cómo saludarlo? ¿Con una alegre sonrisa? ¿Con un beso?

La expresión de Sinclair la dejó congelada. Sus rasgos parecían más duros y severos que nunca y miraba fijamente a Annie.

Ella tragó saliva al sentir cómo se hacían añicos sus fantasías románticas.

–Anoche lo pasé muy bien –en esa ocasión no iba a dejar que se escabullera tan fácilmente. Al menos lo obligaría a afrontarlo y hablar de ello–. Pero sospecho que no sientes lo mismo.

Él se pasó una mano por el pelo.

–Annie… –entró en la cocina y cerró la puerta. Podría haber sido un gesto íntimo, pero la tensión que emanaban su cuerpo y sus rasgos hacía presagiar lo peor.

–No me digas que olvide lo de anoche, porque no lo haré –declaró ella en tono desesperado–. Esta vez no puedo olvidarlo.

–Lo de anoche fue… –arrugó la frente–. Fue maravilloso –la miró a los ojos y a Annie se le hizo un nudo en el estómago al ver su expresión triste y atormentada.

–Entonces ¿por qué tienes esa cara? –una parte de ella quería abrazarlo, pero la otra, solo quería protegerse de lo que estaba por venir.

–Ha ocurrido algo.

–¿Es tu madre? –el pánico se apoderó de ella. Aún no había visto a Katherine, pero había dado por hecho que se había levantado y que había salido de casa–. ¿Qué sucede?

–No es mi madre. Se trata de mi exmujer, Diana.

Annie parpadeó con asombro. Hacía meses que Sinclair no hablaba con su exmujer. Su divorcio había sido muy difícil y doloroso, a pesar de lo poco que había durado el matrimonio.

–¿Está enferma?

–No –tomó aire y lo soltó lentamente–. Está embarazada.

–Ah… –por unos instantes fue incapaz de reaccionar–. Y es tuyo –claro que era suyo. ¿Por qué si no iba a decírselo?

–Sí. Tiene que dar a luz de un momento a otro. Ha dicho que no quería decírmelo, pero al verse tan cerca del parto ha sentido que necesitaba contarme la verdad.

«Para conseguir una pensión», pensó Annie.

–¿No ha estado con nadie más? –se contaba que su mujer lo había engañado, pero Annie no sabía la historia completa–. ¿No podría ser el hijo de otro hombre?

–Acabo de hablar con ella por teléfono. Me ha jurado que la historia de su infidelidad fue solo una excusa para conseguir el divorcio y que el niño es mío.

–¿Quiere que volváis a estar juntos? –le preguntó con un hilo de voz.

La expresión afligida de Sinclair le dio la respuesta antes de que hablara.

–No. Pero dará a luz en cualquier momento, y si es hijo mío tengo que estar presente.

Una pequeña llama de esperanza brotó en su

pecho al oírlo. Sinclair no estaba enteramente convencido de que el hijo fuera suyo.

—¿Por qué no te lo ha dicho antes?

—Dijo que no quería que yo supiera nada… —el dolor que despedían sus ojos le llegó al alma—, y que quería tener al niño ella sola.

—Y si eso es lo que quiere, ¿por qué no se lo permites y te olvidas del asunto? —lo increpó sin poder disimular la frustración.

—Jamás me perdonaría a mí mismo que nuestro hijo creciera en una familia rota sin haber hecho todo lo posible por solucionarlo.

—No tienes que casarte otra vez con ella para hacerlo bien. Muchas parejas se separan y se ponen de acuerdo para criar a sus hijos —¿de verdad iba a abandonarla después de lo que habían hecho y hablado la noche anterior?

—Lo sé. Pero así soy yo —la miró con una expresión inescrutable—. Tengo que intentarlo.

—Lo entiendo —era lógico que quisiera hacer lo correcto. Sinclair no era la clase de hombre que se contentara con llevar a sus hijos al cine y a tomar pizza dos veces al mes—. Espero que todo salga bien —lo último era mentira, por supuesto. Tal vez con el tiempo pudiera desearle sinceramente lo mejor, pero en aquellos momentos solo quería echarse a llorar.

Sinclair volvió a pasarse una mano por el pelo.

—Acabo de hablar con ella por teléfono —repitió—. Ahora vive en Santa Bárbara. Voy a ir para allá esta misma tarde.

—Entiendo —por egoísta que fuera, no pudo evitar la frustración al perderse la prometedora noche que Vicki le había sugerido.

—Siento mucho que esto haya sucedido precisamente ahora —dijo Sinclair—. Nunca me habría aprovechado de ti si lo hubiera sabido.

Sus palabras la traspasaron como una punzada de hielo.

—No te aprovechaste de mí —intentó mantener la voz serena—. Lo hice porque quise hacerlo —sacó el periódico de la despensa y lo abrió por las fotos de la noche anterior—. ¿Has visto esto?

Sinclair se lo arrebató de las manos.

—Maldita sea…

—No me di cuenta de que estuvieran sacando fotos.

—Ni yo —miró la portada—. ¿Qué clase de periódico es este?

—Es sobre moda. Me lo ha dado Vicki.

—Me lo imagino —lo dejó en la mesa, doblado para ocultar las fotos—. Confiemos en que la historia no se filtre a la prensa.

—Sí —le costaba hablar. Sinclair quería olvidarse de lo ocurrido… otra vez. El dolor le oprimía el pecho y apenas podía contener las lágrimas.

—Voy a hacer el equipaje. No hace falta que prepares la comida. Saldré para el aeropuerto dentro de diez minutos.

De nuevo volvían a ser el jefe y la empleada. Asintió en silencio, muriéndose por dentro.

—Lo siento, Annie —su voz era áspera y forzada.

–Y yo –volvió a meter el periódico en la despensa para librarse de la fría y oscura mirada de Sinclair. Cuando se giró de nuevo hacia él, ya se había marchado.

Se apoyó en la mesa e intentó recuperar la respiración después de haber contenido tan angustiosamente sus emociones. Quería gritar y llorar de rabia, dolor y frustración. Pero no lo hizo. Se había atrevido a vivir un sueño por una noche inolvidable. Debería sentirse orgullosa de su osadía y no pretender más.

Estaba preparando la ensalada cuando entró Vicki en la cocina.

–Sinclair lo ha vuelto a fastidiar todo.

Annie se encogió de hombros y siguió echando la sal en el pan de ajo. No quería que Vicki viera su dolor. Ni siquiera entendía por qué Vicki se esforzaba tanto en unirlos a ella y a Sinclair.

–¿Ya se ha marchado?

–Acaba de irse en su coche a toda velocidad, como si una jauría de perros salvajes le pisara los talones.

Annie se volvió finalmente hacia Vicki.

–¿Por qué quiere volver con su exmujer cuando ella no quiere? –la pregunta la quemaba por dentro. No sabía qué clase de relación habían tenido Sinclair y Diana, aunque no podían haber estado muy unidos si ella le había ocultado su embarazo durante tanto tiempo.

–Sinclair es un romántico empedernido y seguramente crea que un niño puede arreglarlo todo.

Pero Diana no es así. Tiene tanta sensibilidad como este rábano –agarró un rábano de la encimera y le dio un mordisco.

El corazón de Annie se rompía por momentos. Sinclair y ella podrían haber sido felices juntos, pero él iba a volver con una mujer que solo le reportaría sufrimiento.

–¿Por qué se enamoró Sinclair de ella?

–Es una mujer muy guapa y sabe manipular a las personas. Seguramente le dijo lo que él quería oír… Al menos hasta que estuvieron casados.

–¿Y por qué no le ha dicho hasta ahora que estaba embarazada?

–Supongo que porque no le interesaba. Quizá estaba pensando en alguien más rico y atractivo… –sacudió la cabeza–. Aunque sería difícil encontrar a alguien mejor que Sinclair.

–¿Cómo es que no lo quieres para ti? –en cualquier otra circunstancia no se habría atrevido a formular una pregunta tan descarada, pero ya no tenía nada que perder.

Vicki se echó a reír.

–Sinclair es demasiado bueno para mí –sus bonitos ojos violetas se llenaron de nostalgia–. No lo digo porque sea guapo y rico, sino porque tiene un corazón de oro y siempre intenta hacer lo correcto.

–Entonces ¿por qué siempre acaba fastidiándolo todo?

Vicki volvió a reírse.

–Esa es la pregunta del millón que nos hacemos todas las mujeres… ¿Por qué los hombres son siempre tan estúpidos? –se puso a juguetear con el cierre de su pesada pulsera de plata–. El caso es que ya se ha marchado. Todo lo bueno debe acabarse, aunque no es este el final que yo tenía pensado. Siento haberte animado para nada –sus disculpas parecían sinceras–. Espero no haberte complicado las cosas en esta casa.

–No más de lo que ya estaban –dejó escapar un suspiro. No podía seguir en aquella casa después de haber hecho el amor con Sinclair por segunda vez y que él la hubiera rechazado también por segunda vez. Le dolía dejar a Katherine, pero podrían contratar a cualquier otra persona–. Será mejor que sirva el almuerzo.

–Te ayudaré a llevar los platos.

La comida fue tensa y silenciosa. Annie no se sentaba a la mesa, naturalmente, pero permanecía muy cerca. Katherine guardaba un extraño silencio y parecía más pálida que de costumbre. Al parecer, la noticia de que iba a ser abuela no la había alegrado tanto como debiera.

–Pobre Sinclair –exclamó finalmente, tras pasarse un rato revolviendo la ensalada de pollo–. Esa mujer nunca lo hará feliz.

–Cierto –confirmó Vicki, la única que seguía teniendo apetito a pesar de todo–. Tendremos que darnos prisa en reunir los fragmentos de la copa y acabar con la maldición.

–Empiezo a pensar que no es más que una leyenda y que no existe ninguna copa –dijo Katherine–. Hemos registrado el desván de arriba abajo y hemos encontrado algunas piezas interesantes, pero nada que se asemeje a una copa escocesa de trescientos años.

–A lo mejor los tres hermanos la juntaron en algún momento de sus vidas.

–No, no lo hicieron –Katherine miró con el ceño fruncido su vaso de agua con gas–. Aaron Drummond, el hijo de nuestro antepasado, plasmó en su diario la frustración de su padre por no poder reunirse con sus hermanos. Se lamentaba de ello en su lecho de muerte.

–¿Por qué no se reunieron?

–Según el diario, uno de los hermanos fue arrestado por robar, se escapó de prisión y se convirtió en pirata. Estuvo atacando los barcos que navegaban de Virginia a Florida hasta que desapareció. El tercer hermano se hizo rico vendiendo pieles de castor y luego volvió a Escocia para comprar las tierras de su familia. Sus descendientes siguen allí. Nuestro antepasado construyó la parte más antigua de esta casa, y desde entonces ha sido propiedad de nuestra rama de la familia. Si su fragmento de la copa está en alguna parte, es aquí.

–Y quizá siga aquí otros trescientos años –dijo Vicki con un suspiro mientras desgajaba un trozo de pan–. En cuanto a las otras piezas, no creo que el antepasado pirata se preocupara mucho de la suya.

–Parece ser que enterró muchos tesoros por toda la Costa Este, aunque no por esta zona. Nunca se acercó a Nueva York… quizá porque no quería encontrarse con su hermano tras haberse convertido en un proscrito —se quedó contemplando de nuevo su vaso.

—Sería interesante que los otros parientes también buscasen las piezas. ¿No podrías ofrecer una recompensa para estimularlos?

—¿Una recompensa? Que yo sepa, los otros descendientes de la familia Drummond son tan ricos como Sinclair. No creo que vayan a ponerse a escarbar en el jardín por dinero.

—Exacto —Vicki se inclinó hacia delante—. No se molestan en hacerlo porque creen que ya tienen todo lo que necesitan. Sería mejor involucrar a otras personas, alguien con problemas económicos que se encargara de hacer el trabajo duro. Los Drummond se beneficiarían de la búsqueda sin mover un dedo.

—¿Te refieres a unos desconocidos? —la sugerencia pareció horrorizar a Katherine.

—Es una idea. De otro modo no sé cómo vamos a encontrar las piezas.

Desde su sitio junto al aparador, Annie advirtió el brillo astuto y calculador en los ojos de Vicki. Volvió a la cocina. En aquellos momentos no le preocupaban en absoluto las artimañas de Vicki. Lo único que quería era recoger la mesa y presentar su dimisión. Estaba a punto de dejar su trabajo después de seis años, sin otro lugar al que ir que la casa de su familia, de la que tanto le había costado escapar, y sin ninguna perspectiva de encontrar otro empleo.

Capítulo Diez

Sinclair salió del aeropuerto de Santa Bárbara con el corazón encogido. No experimentó el menor placer al ver el rostro de su exesposa. Con el tiempo había descubierto que sus rasgos perfectos y su piel suave no eran el resultado de un carácter tranquilo o de una buena alimentación, sino la obra de los mejores cirujanos plásticos y un sinfín de productos cosméticos. La perspectiva de volver a besar sus labios rellenos de silicona le provocaba náuseas.

El recuerdo de Annie y de su belleza natural aumentó la angustia que le atenazaba el corazón. Nunca había deseado tanto a una mujer, y decirle aquella mañana que no podían estar juntos había sido como clavarse un puñal en el pecho. Había rozado la felicidad con los dedos y había vuelto a perderla. Tal vez su madre tuviera razón y los Drummond estuvieran efectivamente condenados a llevar una existencia miserable o a resignarse a un matrimonio sin amor, como el de sus padres.

Aparcó frente a la casa de Diana y se bajó del coche con un nudo en el estómago. Parecía que solo hacía unos meses que la habían comprado. La había elegido Diana, y aunque a él no le convencía su excesivamente decorada fachada, quiso darle el capricho a su novia para hacerla feliz. No le costó nada renunciar a la casa en el divorcio.

Llamó al timbre con todos los músculos en tensión. No hubo respuesta. Llamó otra vez. Había tres coches en el camino de entrada, así que había gente en casa. Finalmente oyó unos pasos en las baldosas del vestíbulo y la puerta se abrió.

–¡Sinclair! –el tono y la expresión de horror de su exmujer fueron la bienvenida que se había esperado.

–Tenía que venir a verte.

–¿Por qué? Te dije que no vinieras –no hizo ademán de invitarlo a pasar. Llenaba el hueco de la puerta por completo, con su enorme barriga oculta bajo una toga de seda. Tenía el rostro tan hinchado y maquillado que parecía sacada de una película de terror.

–¿Cómo que por qué? Porque vamos a tener un hijo juntos.

–No, no vamos a tener nada –miró por encima del hombro y a Sinclair le pareció ver a alguien entrando en la cocina–. Soy yo quien va a tener un hijo. Estamos divorciados, por si lo has olvidado. Pero ya que has venido, será mejor que pases –le hablaba en un tono mordaz que Sinclair nunca había oído. Quizá ya no sentía la necesidad de engatusarlo para conseguir lo que más quería… dinero.

–Si soy el padre –tenía dudas al respecto, pero un niño inocente merecía el beneficio de la duda–, tengo intención de ocupar el papel que me corresponde en la vida de nuestro hijo. De modo que tendremos que establecer, al menos, una relación honesta que pueda funcionar.

−¿Quién es, nena? −preguntó una voz de hombre desde el fondo de la casa.

Diana tragó saliva y volvió a mirar por encima del hombro.

−¿Quién es? −preguntó también Sinclair. ¿Diana ya estaba viviendo con otro hombre? La perspectiva de que otro hombre criara a su hijo le retorció el corazón.

−Es Larry. Larry, ven a conocer a Sinclair.

Un joven alto y fornido con aspecto de bruto y el pelo teñido de rubio apareció tras ella. No debía de tener más de veintidós años. Saludó a Sinclair con un gesto de la cabeza y se quedó detrás de Diana como si fuera su guardaespaldas.

−¿Puedo pasar? −preguntó Sinclair. Era absurdo pedir que lo invitaran a entrar en la casa que él había comprado.

−Supongo que sí −Diana se giró y echó a andar por el pasillo hacia el salón, recargado de muebles y adornos−. Aunque no necesitas quedarte mucho tiempo. Ya te he dicho que nuestro matrimonio se ha acabado.

−No si vamos a tener un hijo juntos. ¿Por qué no me dijiste que estabas embarazada?

Diana se giró un gran anillo en uno de sus dedos.

−No quería que pensaras que tenías algún derecho sobre una parte de mí y mi futuro.

–¿Y por qué me lo dices ahora? –no tenía ningún sentido.

Ella se señaló su abultada barriga.

–Me gano la vida asistiendo a fiestas y fomentando las relaciones públicas, y he de confesar que subestimé el impacto que tendría un embarazo en todo eso. Con este aspecto no puedo dejar que me vean en público.

A Sinclair le habría gustado reírse o, al menos, mostrarse de acuerdo. Pero solo sintió tristeza.

–Así que todo es por dinero… No quieres que forme parte de la vida de tu hijo. Solo quieres que te mantenga mientras tú lo tienes.

–Eso es –afirmó ella fríamente.

–¿Te has hecho la prueba del ADN?

–Sí, te lo dije por teléfono.

–Déjame ver los resultados.

–No sé dónde están –se cruzó de brazos entre sus pechos hinchados y la barriga.

–¿Y esperas que me crea que el niño es mío?

–Sé que no te gustaría ir a juicio. Y una pensión alimenticia no es más que calderilla para ti. Dame el dinero y déjame en paz. Te dejaré ver al niño siempre que quieras.

–Antes quiero ver los resultados –insistió Sinclair. Diana no era una embustera; siempre había sido brutalmente sincera. Tenía que haber un motivo para que no quisiera enseñarle los resultados.

–No. Estoy embarazada de nueve meses. Hace nueve meses aún estábamos casados. El hijo es tuyo. Haz la cuenta.

—Eso suponiendo que no me estuvieras engañando con otro durante nuestro matrimonio... lo que tú misma admitiste que habías hecho.

—Solo te lo dije porque en Nueva York no se conceden los divorcios amistosos, de modo que alguien tenía que engañar al otro. Me quedé embarazada estando casada contigo y tú eres el padre.

—No voy a conformarme con tu palabra. Tendrás que hacerte otra prueba.

—No voy a poner al bebé en peligro inyectándome una aguja en el útero a estas alturas —declaró. Los ojos casi se le salieron de las órbitas y pareció que sus abultados pechos fueran a romper la toga, lo cual no sería una imagen muy apetecible.

—En ese caso, esperaré aquí hasta que des a luz. Una de las ventajas de tener tu propia empresa es que puedes hacer lo que te plazca. Y viendo tu aspecto no creo que tenga que esperar mucho tiempo.

—¡Annie! —los grandes y suaves brazos de su abuela la envolvieron en un cariñoso abrazo—. ¿Por qué has estado tanto tiempo sin venir?

—Estuve aquí en Navidad —era una patética respuesta. El día anterior había dejado su trabajo y aquella mañana, temprano, había abandonado Dog Harbor con sus pertenencias metidas en cajas de cartón, muy incómodas de transportar en el tren.

—¿Cuánto tiempo piensas quedarte? —su abuela la apartó para poder mirarla bien—. Estás muy pálida y demacrada. No estarás enferma, ¿verdad?

133

Annie negó con la cabeza e intentó sonreír.

–Estoy bien –tan solo tenía el corazón destrozado–. Me gustaría quedarme hasta que encuentre un nuevo empleo. Si no te importa, claro.

Su abuela se quedó boquiabierta.

–¿Has dejado tu trabajo?

–Ya era hora de dejarlo, después de seis años.

–Pero, cariño, no creo que sea el mejor momento para dejar un trabajo. Tu hermana lleva tiempo buscando uno, sin éxito.

–Lo sé, pero no he podido evitarlo.

–Intuyo que no me lo estás contando todo… –su abuela la miró con ojos entornados.

–Ha habido… alguien –admitió Annie, intentando contener las lágrimas–. Pero ya se ha acabado –gracias a Dios todo había quedado en un simple atisbo romántico.

–Oh… –la abuela se cruzó de brazos sobre su amplio busto–. Pobrecita. Dile a tu abuela dónde vive ese sinvergüenza e iré yo misma a pedirle explicaciones.

Annie no tuvo más remedio que reírse.

–Si solo fuera así de fácil…

–Entra y deja tus cosas. Hemos usado tu vieja habitación como trastero, pero la vaciaremos en un santiamén.

Al final resultó que no había otro sitio en la casa donde guardar los trastos viejos, de modo que Annie tuvo que acostarse rodeada de los «tesoros» que su madre y su abuela habían acumulado a lo largo de los últimos años. Quizá si rebuscara entre las cajas y bolsas encontrase un fragmento de una vieja copa escocesa…

Su cama era pequeña y estaba llena de bultos. Volver a acostarse en ella suponía la amarga confirmación de su fracaso. En esos momentos Sinclair debía de estar acostado con la temible Diana, esperando ansiosamente el nacimiento de su primer hijo. Miró el techo, donde las telarañas cubrían el viejo dispositivo de iluminación, e intentó no añorar su acogedor dormitorio de Dog Harbor, donde podía oír el susurro de los árboles y el ulular de los búhos. Todo eso ya pertenecía al pasado y dependía de ella construirse un nuevo futuro. Al día siguiente se matricularía en los cursos de otoño de la universidad. El dinero ahorrado durante los últimos años le permitiría vivir cómodamente algún tiempo, aunque para ello tuviera que renunciar, de momento, al sueño de comprarse una casa.

A la mañana siguiente la despertaron los rayos de sol. Se levantó con decisión, haciendo crujir los muelles de la cama, y se lavó la cara con agua fría. Tal vez no se comería el mundo como la clase de mujeres por las que Sinclair se sentía atraído, pero podría hacer realidad sus sueños, aunque fuera de uno en uno.

—¿Podemos tomar esos huevos que sabes preparar tan bien? —la voz de su padre resonó desde el piso inferior, y Annie no pudo evitar reírse. A diferencia de la casa de Sinclair, donde pasaba sola casi todo el tiempo, allí iba a tener que demostrar continuamente sus talentos culinarios.

–¡Ya voy! –gritó. Se vistió rápidamente y bajó las escaleras, pero al llegar a la cocina no vio a nadie.

Pronto acudirían, en cuanto el delicioso olor del desayuno impregnara el aire. Cascó algunos huevos en un cuenco, puso una sartén al fuego y cortó unas lonchas de beicon para freírlas.

Sirvió el beicon frito en un plato y vertió los huevos batidos en la sartén.

–¿Por qué no puedo dejar de pensar en Sinclair, maldita sea? –preguntó en voz alta.

–¿Tal vez porque estás enamorada de él? –la voz de su hermana Sheena le hizo darse la vuelta. No le había hablado a nadie, y menos a Sheena, de sus desgracias amorosas.

–No lo estoy.

–Claro que sí –su hermana se apoyó en la puerta con una mueca desdeñosa–. Eres muy reservada, pero te conozco bien.

–¿Por qué me siento como si volviera a tener trece años? –su hermana mayor siempre había mantenido una actitud de superioridad.

–No tengo ni idea. Lo que me preocupa es que sigas aparentando trece años. Te hace falta más estrés en tu vida.

–Tengo estrés de sobra, créeme –sirvió los huevos en un plato–. ¿Por qué no desayunas un poco y me dejas en paz? –se acercó a la puerta para llamar a los otros–: ¡El desayuno está listo!

–Prefiero seguir atosigándote –agarró un plato y se sirvió un poco de beicon–. ¿Es guapo?

–No sé de qué estás hablando.

–Claro que lo sabes. Estabas hablando de él cuando he entrado –esbozó otra sonrisa sarcástica–. ¿No se llama Sinclair tu jefe?

–Sí, pero ya no es mi jefe –aún no podía creer que su vida hubiera dado un vuelco tan drástico de la noche a la mañana.

–Así que estás enamorada de él, pero él no lo está de ti –agarró un trozo de beicon con los dedos y se lo llevó a la boca.

–Más o menos –murmuró–. No quiero hablar de ello.

–Estabas hablando de ello antes de que yo apareciera, así que necesitas desahogarte. ¿Está enamorado de otra mujer?

–No, no creo que haya estado enamorado de nadie en su vida y no creo que vaya a estarlo alguna vez –lo dijo con total convicción—. Se ha casado dos veces y no estuvo enamorado de sus mujeres. Creo que solo intentaba hacer lo que se esperaba de él y tenerlo todo controlado y organizado, pero dudo que sea capaz de sentir alguna emoción.

–Vaya, creía que tú tampoco eras capaz de sentir nada, pero empiezo a ver que no es así –masticó otro pedazo de beicon–. Siempre he envidiado tu independencia.

–Me gustaba mi independencia. Y espero que vuelva a gustarme cuando consiga sacármelo de la cabeza.

–¿Cómo es? –su hermana volvió a apoyarse en el marco de la puerta y siguió masticando el beicon como si fueran palomitas de maíz.

–¿Y eso qué importa? –se sentó junto a la mesa, pero no tenía apetito.

–¿Es alto, moreno y atractivo, por casualidad?

–Sí, claro que es atractivo –consiguió tragar un bocado de huevos.

–¿De anchas espaldas y con un suculento trasero?

–¿Por qué no te largas de una vez?

–¿Viste como uno de esos pijos del club de campo?

–Sí –frunció el ceño–. ¿Cómo lo sabes?

–Bueno… estoy describiendo al tipo que está hablando con la abuela en la puerta –volvió a entrar en la cocina y se echó los huevos en el plato–. Mmm… grasientos, como a mí me gustan.

Annie se quedó de piedra.

–¿Qué has dicho?

–Que me encantan los huevos con la grasa del beicon.

–No, ¿qué has dicho sobre un hombre que está hablando con la abuela? –apenas podía articular palabra, y se dio cuenta de que estaba blandiendo el cuchillo y el tenedor como si fueran armas letales.

–Un tipo ha llegado en un cochazo y ha preguntado si Annie Sullivan vivía aquí –respondió su hermana, fingiendo estar absorta con su plato.

Annie se puso en pie tan bruscamente que casi tiró la silla al suelo.

–¿Me está buscando?

–Sí –Sheena masticaba lentamente mientras a

Annie se le iba a salir el corazón por la boca–. Tenía la dirección, pero ya sabes que nuestra casa no tiene ningún número en la puerta.

Annie salió corriendo de la cocina, abrió la puerta principal y salió al porche. Su abuela y Sinclair se giraron hacia ella. Sus miradas se encontraron y se sostuvieron mientras él caminaba hacia ella.

–Gracias a Dios que te he encontrado –su voz profunda y varonil le estremeció el alma. Hablaba como un hombre que hubiera removido cielo y tierra en busca de su amada.

–No podía quedarme después de…

–Este joven ha venido desde California para verte –la interrumpió su abuela–. Ni siquiera estaba seguro de que te encontraría aquí.

La curiosidad la carcomía por dentro. Sinclair subió los escalones del porche y se detuvo tan cerca de ella que le hizo sentir la tensión que irradiaba su cuerpo. Pero Annie estaba extrañamente tranquila, aunque aquella repentina aparición le parecía surrealista.

–Cometí un terrible error –dijo él con expresión grave.

–¿Solo uno? –espetó ella.

–Te he echado de menos.

–No me podía creer que te hubieras marchado. ¿Creías que iba a soportar todo lo que me echaras encima? Soy bastante dura, pero que volvieras con tu exmujer fue demasiado para mí.

–Debería haberme quedado contigo.

–Pero no lo hiciste –no quería oír sus disculpas. Ya no significaban nada. Lo que habían compartido, por breve que fuera, se había terminado para siempre.

–Todo ocurre por una razón –su exmujer debía de haberle dicho que no quería volver con él. De lo contrario Sinclair no estaría allí, intentando hacer lo que creía correcto.

–Diana solo quería dinero. El bebé no es mío. Se hizo una prueba de ADN, eso es cierto, pero me mintió al decir que era mío. Me marché en cuanto supe los resultados de la prueba y les pedí a mi madre y a Vicki que buscasen tu viejo currículum para averiguar tu dirección. Me dijiste que tu familia aún vivía aquí y confié en encontrarte.

Ella asintió mientras una punzada de dolor la traspasaba. Una vez más Sinclair había intentado iniciar una relación y había fracasado.

–Siento algo por ti, Annie.

Su inesperada declaración le llegó al alma.

–Yo siempre he sentido algo por ti, Sinclair. Y eso solo me ha traído dolor.

La emoción se reflejó en sus duras facciones.

–La culpa es mía. He estado ciego.

Annie quería mostrase de acuerdo, pero ¿qué conseguiría con eso? La atormentada expresión de sus ojos le tocaba la fibra sensible. Después de todo lo que había pasado, se moría por arrojarse en sus brazos y decirle lo feliz que estaba de verlo. Sinclair había ido hasta Connecticut para buscarla. Y para confesarle lo que sentía por ella.

Pero ¿por qué? ¿Le suplicaría que volviera para acostarse juntos de vez en cuando? ¿Para que se ocupara de la casa y de su madre? Annie no tenía intención de hacer una cosa ni la otra.

–¿Qué quieres de mí, Sinclair? –se mordió el labio y se preparó para decir que no a lo que él iba a proponerle.

Entonces, Sinclair se metió la mano en el bolsillo del pantalón y Annie abrió los ojos como platos cuando extrajo un anillo, enorme y reluciente.

Las piernas empezaron a temblarle. ¿Iba a…? Sí, iba a declararse. Años de fantasías absurdas y vanas ilusiones se fundían en un alocado instante a la puerta de su casa. El hombre de sus sueños sostenía un diamante del tamaño de una uva y estaba a punto de pedirle que fuera su mujer.

Y ella iba a decirle que no.

Con una expresión de máxima concentración, Sinclair le mostró el anillo entre los dedos pulgar e índice y ella oyó cómo tomaba aire al mirarla a los ojos.

–Annie, ¿quieres casarte conmigo?

Capítulo Once

El anillo se transformó en un objeto pesado y afilado entre los dedos de Sinclair. El sol ocultó su rostro tras una nube y las palabras quedaron suspendidas en el aire mientras esperaba una respuesta.

No vio la sonrisa que había esperado ni oyó un suspiro o una risita nerviosa. Annie, su hermosa Annie, lo miraba con una expresión llena de dolor y angustia.

—Tal vez necesitéis un poco de intimidad —la voz de la abuela fue lo único que traspasó la nube de incredulidad que lo rodeaba—. ¿O hay algo que debería saber? —preguntó, bajando la mirada al vientre de Annie.

—¡No! —respondió ella rápidamente—. Vamos adentro.

Sinclair la siguió al interior, todavía con el anillo en la mano. Había otra chica de la misma edad de Annie, pero no se la presentó. Recorrió el pasillo a toda prisa hasta un gran salón de altos techos. Allí le hizo un gesto para que tomara asiento y Sinclair se acomodó en el sofá. Ella ocupó un sillón a varios metros de él.

El anillo despedía un triste destello, como muestra de esperanzas frustradas y sentimientos heridos.

–Puede que mi proposición te parezca prematura, ya que no ha habido entre nosotros nada… serio.

–Así es –la expresión de Annie se había vuelto inescrutable, fría e impávida–. No me conoces.

–Sí te conozco –replicó él. La esperanza volvió a brotar en su pecho ante la posibilidad de explicarse–. Te he conocido durante seis años. Desde la noche que pasamos juntos me siento más cerca de ti que de nadie más en mi vida. Seguro que tú también sientes la conexión.

Vio un atisbo de emoción en sus ojos azules.

–Sí, la he sentido –frunció el ceño–. Pero eso no significa que estemos hechos el uno para el otro. No tenemos nada en común. Si no fuera tu empleada, nunca nos habríamos conocido.

–Tenemos mucho en común –insistió él–. Yo tengo la culpa de no haberme dado cuenta antes, pero al fin puedo ver que pensamos de la misma manera.

–Supongo que eso se debe a que te gusta cómo me he ocupado de tu casa –le reprochó.

–No quiero que te sigas ocupando de mi casa. Quiero que te ocupes de mí.

Los ojos de Annie se abrieron como platos.

–¿Como una criada personal?

–No –respondió él–. Quiero que seas mi pareja, mi compañera y mi alma gemela.

Annie permaneció sentada. En sus ojos se adivinaba un destello de emoción.

–No podemos ser almas gemelas. Si lo fuéramos, ya nos habríamos dado cuenta.

Sinclair cerró el puño alrededor del anillo y lo apretó hasta que se le clavó dolorosamente en la palma. Se maldijo por ser un completo idiota. ¿Cómo había podido vivir durante seis años con la mujer perfecta y no haberse dado cuenta de que ella era la persona a la que siempre había esperado?

En vez de eso se había dedicado a salir, y casarse, con mujeres equivocadas.

–Olvídate de lo que digan sobre las almas gemelas –se inclinó hacia delante–. Te deseo, Annie. Hay algo dentro de mí, no sé cómo llamarlo –se golpeó el pecho con el puño que contenía el anillo–, que me empuja hacia ti. Te necesito, y no quiero volver a casa sin ti –sus palabras vibraban con la emoción que ardía en su interior, y rezó porque Annie percibiera su profundo anhelo y sinceridad.

Una lágrima le brotó de uno de los ojos y le resbaló por la mejilla. Sinclair esperó con la respiración contenida. ¿Le habría hecho aún más daño con su declaración?

–¿Qué ocurre, Annie? ¿He dicho algo malo? –le preguntó con la voz quebrada.

–Somos muy distintos, ¿es que no lo ves? –abarcó la estancia con el brazo. Su voz era seca e inexpresiva, pero sus ojos delataban la emoción que bullía.

–No importa de dónde vengamos. Toda mi vida he intentado tener una relación estable con mujeres iguales que yo, y mira cuál ha sido el resultado. No importan tus orígenes, sino lo que quieras conseguir en la vida, cómo quieras vivirla y con quién quieras compartirla.

Ella lo miró con ojos secos y sin pestañear, antes de desviar la mirada.

–No funcionaría.

–¿Por qué no? –Sinclair se levantó.

–Porque tú no me quieres.

Sus palabras fueron como una bofetada en la cara. ¿Le había pedido que se casara con él... y no le había dicho que la amaba?

–Te quiero –respiró profundamente–. Te quiero con todo mi corazón –cruzó la habitación en dos zancadas y se puso en cuclillas a sus pies. Incapaz de resistirse, le agarró las manos y el anillo cayó al suelo–. No sabía lo que era el amor hasta que te tuve en mis brazos. Me siento como si hasta ahora solo hubiera estado viviendo de una manera superficial. Creía percibir la vida en todo su color y esplendor, pero no era así. Y de repente siento que estoy vivo y que puedo sentir, tocar y saborear todas las cosas –sintió cómo a Annie le temblaban las manos y se las apretó más fuerte–. Nunca me había sentido así antes. Ni siquiera sabía que fuese posible. Me ha costado todo este tiempo descubrir lo que me pasaba. Te quiero, Annie. Te amo como nunca he amado a nadie.

A Annie se le llenaron los ojos de lágrimas.

–Te creo... –susurró con voz temblorosa–. Oh, Sinclair, ojalá pudiéramos ser felices juntos.

–No te preocupes por eso –le apretó las manos mientras la esperanza resurgía en su corazón–. Seamos felices o no, no puedo estar sin ti, Annie. ¡Aunque seamos unos desgraciados!

Entonces ella se rio y la luz que se había apagado volvió a sus ojos. Un resplandor tan vivo y brillante que a su lado el diamante que yacía en el suelo parecía un trozo de vidrio.

–Al fin dices algo sensato… Ser desgraciados juntos tiene sentido.

–Siempre será mejor que ser desgraciados y estar separados –dijo él, riéndose también–. Y quién sabe, a lo mejor aprendemos a sonreír de vez en cuando.

–Pues que sepas que no pienso divorciarme de ti –se lo dijo con tanta seguridad que le llenó de alegría el corazón.

–Ni yo te lo permitiría –se llevó sus manos a los labios–. Dios, Annie, si supieras cuánto te he echado de menos…

–Yo a ti también. No quería reconocerlo. Era otro secreto que me guardaba para mí sola, como haber estado enamorada de ti durante seis años.

–Merecería que me azotaran por haber perdido tanto tiempo, pero te prometo que te compensaré con creces… si tú me lo permites.

–Tendré que arriesgarme –dijo con una sonrisa.

–En ese caso, déjame empezar de nuevo –recogió el anillo del suelo sin soltarla de las manos–. No has respondido a mi pregunta… Annie Sullivan, te amo como nunca había creído que fuera posible amar a alguien y quiero pasar contigo el resto de mi vida. ¿Te casarás conmigo?

–Sí –respondió ella sin dudarlo–. Me casaré contigo.

Sinclair quiso gritar de euforia, pero lo que hizo fue deslizarle silenciosamente el anillo en el dedo. Encajaba a la perfección.

En ese momento llamaron a la puerta y tuvo que apartarse de Annie para mirar detrás de él.

–¿Se puede? –la puerta se abrió lentamente y aparecieron los rostros de la abuela de Annie y otra mujer más joven.

–¿Estabais escuchando detrás de la puerta? –les reprochó Annie, levantándose.

Su abuela se irguió lentamente, apoyándose en el marco de la puerta.

–Tenía que cerciorarme de que no se aprovechaba de ti.

–¿Y cuál es tu excusa? –le preguntó Annie a la mujer joven.

–Curiosidad –respondió con una sonrisa ladina–. Teníamos derecho a escuchar. La cosa se había puesto muy interesante.

–Entonces supongo que ya no tendré que anunciarlo.

Las mujeres los miraron a Sinclair y a ella.

–Claro que sí –dijo su abuela con gran expectación.

–A Annie y a mí nos gustaría anunciar nuestra boda.

–¿Puedo ser la dama de honor?

Annie lo abrazó por la cintura.

–Sinclair, te presento a mi hermana, Sheena. Sheena, lo siento, pero no hemos dicho que vayamos a celebrar una boda por todo lo alto. Tan solo que vamos a casarnos. Y a mí me gustaría una ceremonia lo más discreta posible.

–¿Qué es eso de que alguien va a casarse? –un hombre bajito y rollizo apareció detrás de las mujeres.

–¡Esto sí que es increíble! –exclamó la abuela–. Habéis conseguido arrancar a tu padre de la televisión… Tu hija va a casarse –señaló a Sinclair–. Con este apuesto joven –señaló detrás de él–. El BMW que está aparcado fuera es suyo.

El padre de Annie parpadeó con asombro y se rascó la frente.

–Bueno, supongo que hay que felicitaros –se adelantó y estrechó la mano de Sinclair.

–Le prometo que cuidaré de su hija.

–No creo que necesite que me cuides. Normalmente soy yo la que cuido a los demás –protestó Annie.

–Pues ya es hora de que te tomes un descanso –le dijo Sinclair, abrazándola por la cintura–. Empezando por unas largas y bonitas vacaciones…

Durante el viaje de regreso a Long Island estuvieron hablando de sus planes de boda y de las otras casas de Sinclair, las cuales Annie nunca había visto: el chalet de Colorado, una vieja mansión costera en el norte de California y el refugio de caza en Michigan. Decidieron que se casarían en el jardín de Dog Harbor, el mes próximo, con un pequeño grupo de amigos íntimos.

Pero al llegar a Dog Harbor la casa ofrecía un aspecto muy distinto, aunque Annie no supo qué había cambiado exactamente.

–Bienvenida a casa –le susurró Sinclair al oído–. No hay nadie además de nosotros. Les dije a mi madre y a Vicki que se fueran unos días, ya que debemos recuperar el tiempo perdido...

–Cierto. Nos hemos saltado seis meses de noviazgo, por lo menos.

–Por lo menos –corroboró Sinclair con una mirada de ardiente deseo que la hizo estremecer. La perspectiva de estar a solas con él se le antojaba tan maravillosa que apenas podía creérselo–. No te muevas. Quiero cruzar el umbral contigo en brazos.

Antes de que ella tuviese tiempo para protestar, Sinclair rodeó el vehículo, sujetó las llaves con los dientes y la sacó del coche para llevarla a toda prisa hacia la puerta.

–No te importa si nos apresuramos un poco, ¿verdad? Estoy impaciente...

–Claro que no –se aferró a su cuello mientras subían velozmente los escalones de la entrada. A Sinclair le costó un poco abrir la puerta con ella en brazos–. ¿Dónde está el ama de llaves cuando la necesitas?

–Está indispuesta –empujó la puerta con el pie, arrojó las llaves en el aparador y cruzó el umbral de mármol–. De baja permanente.

–¿Qué es eso? –vio algo en medio del comedor mientras se dirigían a las escaleras.

–¿El qué?

–Date la vuelta. Creo que hay una nota en la mesa.

–Será mejor que sea breve –gruñó él–. En estos momentos tengo otras prioridades más acuciantes –entró en el comedor mientras la acariciaba la mejilla con la nariz–. ¿Qué demonios es esto? –una caja de madera llena de marcas y arañazos reposaba en el centro de la mesa. Junto a ella, una hoja de papel con unas palabras garabateadas: «La hemos encontrado».

–¿La copa? Creo que deberías dejarme en el suelo.

–¿Y si no quiero? –le besó la oreja, avivando sus llamas internas–. Tengo cosas más importantes que hacer que mirar una copa vieja.

–Solo será un momento –ella también estaba impaciente por llegar a la cama, pero sentía curiosidad por resolver el gran misterio de la familia Drummond.

–En ese caso, abre tú la caja. Eres el miembro más reciente de la familia.

–Todavía no lo soy.

–No importa. La maldición empieza en cuanto aceptas casarse con un Drummond –le dijo con una encantadora sonrisa.

–Muy bien. Pues ya que estoy condenada… –levantó la tapa, que emitió un fuerte chirrido. Dentro había un objeto envuelto con un retal de tartán apolillado. Annie lo sacó de la caja, era pesado, y lo colocó con cuidado en la mesa para retirar la tela escocesa. Una nube de polvo se levantó en el aire.

El objeto era una barra metálica, muy oscura deslucida.

–¿Esta es la pieza? –preguntó Annie–. No es lo que esperaba…

–Puede que lo sea –Sinclair la agarró para examinarla. La superficie estaba marcada con diseños y en cada extremo había una especie de abrazadera–. Podría ser el tallo de la copa.

–¿Y las otras piezas son la base y el cáliz? Nunca se me hubiera ocurrido –Sinclair le puso la barrita en las manos y ella la giró–. Los extremos parecen estar hechos para encajar con otras piezas, en efecto. ¿Dónde la habrán encontrado?

–Yo me pregunto más bien cuándo la habrán encontrado. Y si el hallazgo coincidió con mi decisión de buscar a la única mujer que quiero tener a mi lado –la miró fijamente a los ojos, muy serio, y a Annie se le desbocó el corazón al ver la emoción que brillaba en su rostro.

–Te quiero, Sinclair.

–Y yo a ti. Doy gracias al cielo por haberme dado cuenta antes de que fuese demasiado tarde. Bienvenida a casa, Annie –le dio un cálido beso en los labios–. Bienvenida a la familia Drummond.

Epílogo

–No deberías haberte molestado, Katherine –dijo Annie mientras desenvolvía el regalo–. Todavía no es Navidad.

–No tengo por qué esperar a una fecha concreta para hacerle un regalo a mi nieto –el abeto que Sinclair y ella habían cortado ya estaba rodeado de montones de cajas envueltas y bolsas de regalos.

–Al menos podrías esperar a que naciera –comentó Sinclair, abrazando a Annie por detrás. El contacto le provocó un hormigueo por toda la piel, a pesar de su abultada barriga y la ropa de invierno.

–Ya sabes lo impaciente que soy, cariño. Y Annie lo entiende, ¿verdad?

Annie sacó otro precioso conjunto francés con estampados de barquitos, acompañado de un gorro a juego y unos patucos.

–Claro que sí. ¿Quién no estaría impaciente por la llegada de un nuevo miembro a la familia?

–Al nuevo Drummond no le faltará de nada. ¿Crees que sería buena idea comprarle un trineo en las rebajas? –llevaba dos días nevando sin parar y el pueblo de Dog Harbor presentaba una bonita y tranquila estampa invernal.

–No podrá montar en trineo al menos hasta

dentro de dos inviernos –dijo Sinclair, riendo–. Además, hemos encontrado ocho trineos antiguos en el desván. Seguro que son más rápidos y sólidos que cualquiera que vendan en la juguetería.

–Estoy tan emocionada que me cuesta refrenarme. Seguro que me calmaré cuando el médico me dé permiso para volver a viajar. Me dijo que debía esperar un año, y todavía faltan cuatro meses. Me saca de quicio no poder ir a Escocia y obligar a ese terrateniente a buscar la copa.

–¿Y por qué no vas a Florida a ver al Drummond que vive allí? –le sugirió Sinclair mientras besaba a Annie en la mejilla–. Son pocas horas de vuelo.

–Vicki insistió en ir ella. Creo que conoce a gente importante allí.

–O quizá quiera la recompensa que al final ofreciste por la pieza –dijo Sinclair, llenando los vasos de ponche.

–¡Sinclair! A Vicki no le hace falta el dinero. Su familia se hizo rica con… no me acuerdo qué.

–No importa. Espero que encuentre la pieza. Creo que el resto de los Drummond merecen ser tan felices como nosotros.

–¿Lo ves? Sabía que podías ser feliz si te casabas. Solo tenías que elegir a la mujer adecuada –le dedicó una amplia sonrisa a Annie.

–Eso mismo me decía yo –corroboró Annie, sonriéndole a Sinclair.

–Nunca había visto la casa tan bonita en Navidad –dijo él. Las ramitas de pino decoraban las barandillas y las chimeneas, y adornos de todas clases procedentes del desván habían encontrado su sitio en la casa y en el árbol después de ser convenientemente abrillantados.

–Eso es porque solemos pasar las fiestas en la casa de Colorado –le recordó Annie, contemplando su obra. Siempre había soñado con decorar la mansión para Navidad. Y, al igual que la boda otoñal que habían celebrado en el jardín, era un sueño hecho realidad. A veces sentía que el corazón le iba a explotar de felicidad.

–El año que viene será todavía más especial, cuando haya un niño en la familia.

Katherine se levantó y abrazó a Annie con lágrimas en los ojos.

–Para mí ya es muy especial –se giró hacia Sinclair–. Mereces una buena reprimenda por habernos hecho esperar tanto a Annie y a mí.

Sinclair tomó un sorbo de ponche.

–A veces soy un poco lento, pero al final acabo entrando en razón. ¿Cómo es que nunca se me ocurrió vivir aquí de manera permanente?

–La casa parece distinta ahora que es un hogar de verdad –dijo Annie–. Antes me daba la sensación de estar preparando el escenario para una obra de teatro.

Sinclair le pasó un brazo alrededor de los hombros.

–Será maravilloso pasar aquí el resto de mi vida… contigo.

Annie suspiró.

–Para mí también lo será. Dejar esta casa fue casi tan duro como dejarte a ti.

–Sinclair me ha dicho que estás pensando en abrir una tienda –dijo Katherine mientras pelaba una nuez.

–Así es –Annie sintió un hormigueo en el estómago al pensar en su plan–. Quiero vender objetos artesanales y productos típicos. Yo misma haré algunos de ellos. Pero no será hasta dentro de un año, por lo menos. Todavía estoy asistiendo a clases… y voy a estar muy ocupada durante los próximos meses.

–Sabía que la copa cambiaría nuestra suerte –dijo Katherine, rebosante de satisfacción. Parecía haberse recuperado por completo de su enfermedad–. ¿Dónde está nuestra pieza, por cierto? Aún no sé cómo nos dimos cuenta de que era el tallo, escondido en el fondo de esa tabaquera entre un montón de viejas pipas. No quiero ni pensar que encontremos las otras dos piezas y volvamos a perder la nuestra.

–En la repisa de la chimenea, junto a la botella –respondió Annie, riendo.

–¿Se puede saber por qué tenéis una botella de vino vacía en la repisa?

Annie se encogió de hombros.

–La encontramos un día en la playa y decidimos quedárnosla –Sinclair y ella habían estado paseando por la playa una mañana, contemplando las tranquilas aguas del estrecho y hablando del futuro, cuando vieron una botella de vino flotando entre las olas. Sinclair se zambulló para agarrarla y, ¡sorpresa!, dentro había dos pedazos de papel enrollados.

El agua que se filtraba por el tapón de corcho había borrado la escritura por completo, por lo que no podían saber si eran los deseos que habían escrito en el baile. De modo que esa vez decidieron expresarlos en voz alta.

Sinclair le había dicho:

Annie, nunca supe lo que estaba buscando hasta que te encontré en mis brazos.

Y ella le había repetido las mismas palabras que escribió en la fiesta:

Sinclair, creo que eres un hombre maravilloso que merece vivir feliz para siempre… preferiblemente conmigo.

Luego devolvieron las misteriosas notas al interior de la botella y la colocaron junto al fragmento de la copa. Ese fragmento que, tal vez, había acabado con siglos de mala suerte para unir sus corazones.

En el Deseo titulado
Pasión intensa, de Jennifer Lewis
podrás continuar la serie
LA LLAVE DEL AMOR

Deseo

Del deber al deseo

CHARLENE SANDS

Tony Carlino mantuvo la promesa de casarse con la viuda de
su mejor amigo, Rena Montgo-
mery. Rena y él habían vivido
un tórrido romance hacía mucho tiempo y Tony la había
abandonado… Pero ni un matrimonio obligado podía dismi-
nuir el deseo que Tony todavía
sentía por ella.
Rena no había perdonado a
Tony por separarse de ella y se
casó con él solo por la seguridad que su apellido y su dinero
le podían dar a ella, a su bode-
ga y al hijo que llevaba en su
vientre. No se podía permitir el lujo de confesar que deseaba a su nuevo marido.

¿Solo un asunto de negocios?

¡YA EN TU PUNTO DE VENTA!

Acepte 2 de nuestras mejores novelas de amor GRATIS

¡Y reciba un regalo sorpresa!

Oferta especial de tiempo limitado

Rellene el cupón y envíelo a
Harlequin Reader Service®
3010 Walden Ave.
P.O. Box 1867
Buffalo, N.Y. 14240-1867

¡Sí! Por favor, envíenme 2 novelas de amor de Harlequin (1 Bianca® y 1 Deseo®) gratis, más el regalo sorpresa. Luego remítanme 4 novelas nuevas todos los meses, las cuales recibiré mucho antes de que aparezcan en librerías, y factúrenme al bajo precio de $3,24 cada una, más $0,25 por envío e impuesto de ventas, si corresponde*. Este es el precio total, y es un ahorro de casi el 20% sobre el precio de portada. !Una oferta excelente! Entiendo que el hecho de aceptar estos libros y el regalo no me obliga en forma alguna a la compra de libros adicionales. Y también que puedo devolver cualquier envío y cancelar en cualquier momento. Aún si decido no comprar ningún otro libro de Harlequin, los 2 libros gratis y el regalo sorpresa son míos para siempre.

416 LBN DU7N

Nombre y apellido	(Por favor, letra de molde)

Dirección	Apartamento No.

Ciudad	Estado	Zona postal

Esta oferta se limita a un pedido por hogar y no está disponible para los subscriptores actuales de Deseo® y Bianca®.
*Los términos y precios quedan sujetos a cambios sin aviso previo.
Impuestos de ventas aplican en N.Y.

SPN-03

©2003 Harlequin Enterprises Limited

Bianca

Se volvió adicta a sus caricias y le entregó su corazón

Cuando Rose Harkness, la
dueña de la agencia matri-
monial Cita con el Destino,
se acercó a un equipo de
hockey famoso para hacer-
les una arriesgada pro-
puesta, sabía que estaba
poniendo a prueba su ca-
pacidad para manejar a los
hombres... No tardaría mucho en darse cuenta de que
el que más le gustaba del
equipo, su dueño, Yuri Ku-
ragin, era un hombre com-
pletamente imposible de
manejar.
El ser rico y guapo le había
dado a Yuri los privilegios
de una estrella del rock en
lo que respectaba a las mujeres, pero Rose se negó a
convertirse en una seguido-
ra más a pesar de que su
cuerpo se moría por sus ex-
pertas caricias.

Amor en Moscú

Lucy Ellis

¡YA EN TU PUNTO DE VENTA!

Se acabó fingir

NATALIE ANDERSON

Un romance adolescente convertido en pesadilla le había enseñado a Penny Fairburn que fingir era la única manera de vivir sin problemas. Pero cuando un día en la oficina el apuesto Carter Dodds le pidió que lo ayudara, Penny descubrió lo equivocada que había estado.

Carter podía tener a cualquier mujer en bandeja y le gustaba ir a las claras. Sin embargo, tras varias noches ardientes con Penny, su filosofía de nada de ataduras cambió.

Penny nunca había fingido en la cama de Carter, pero conseguir que reconociera los verdaderos sentimientos que tenía por él se convirtió en un enorme desafío para Carter.

El trabajo más satisfactorio

¡YA EN TU PUNTO DE VENTA!